Tucholsky Wagner Zola Scott Sydow Freud Schlegel
Turgenev Wallace Fonatne
Twain Walther von der Vogelweide Fouqué Friedrich II. von Preußen
Weber Freiligrath Frey
Fechner Weiße Rose von Fallersleben Kant Ernst Frommel
Fichte Richthofen
Hölderlin
Fehrs Engels Fielding Eichendorff Tacitus Dumas
Faber Flaubert Eliasberg Ebner Eschenbach
Maximilian I. von Habsburg Fock Zweig
Feuerbach Eliot Vergil
Ewald
Goethe Elisabeth von Österreich London
Mendelssohn Balzac Shakespeare Dostojewski Ganghofer
Lichtenberg Rathenau Doyle Gjellerup
Trackl Stevenson Hambruch
Mommsen Tolstoi Lenz Droste-Hülshoff
Thoma Hanrieder
Dach Verne von Arnim Hägele Hauff Humboldt
Karrillon Reuter Rousseau Hagen Hauptmann Gautier
Garschin
Damaschke Defoe Hebbel Baudelaire
Descartes
Hegel Kussmaul Herder
Wolfram von Eschenbach Dickens Schopenhauer Rilke George
Bronner Darwin Melville Grimm Jerome
Campe Horváth Aristoteles Bebel Proust
Bismarck Vigny Barlach Voltaire Federer Herodot
Gengenbach Heine
Storm Casanova Tersteegen Grillparzer Georgy
Chamberlain Lessing Langbein Gilm Gryphius
Brentano Lafontaine
Strachwitz Claudius Schiller Kralik Iffland Sokrates
Bellamy Schilling
Katharina II. von Rußland Gerstäcker Raabe Gibbon Tschechow
Löns Hesse Hoffmann Gogol Wilde Vulpius
Luther Heym Hofmannsthal Gleim
Roth Klee Hölty Morgenstern
Heyse Klopstock Goedicke
Luxemburg Puschkin Homer Kleist
La Roche Horaz Mörike Musil
Machiavelli Kierkegaard Kraft Kraus
Navarra Aurel Musset
Nestroy Marie de France Lamprecht Kind Kirchhoff Hugo Moltke
Laotse Ipsen Liebknecht
Nietzsche Nansen Ringelnatz
Marx Lassalle Gorki Klett Leibniz
von Ossietzky
May vom Stein Lawrence Irving
Petalozzi Knigge
Platon Kafka
Pückler Michelangelo Kock
Sachs Poe Liebermann Korolenko
de Sade Praetorius Mistral Zetkin

Der Verlag tredition aus Hamburg veröffentlicht in der Reihe **TREDITION CLASSICS** Werke aus mehr als zwei Jahrtausenden. Diese waren zu einem Großteil vergriffen oder nur noch antiquarisch erhältlich.

Symbolfigur für **TREDITION CLASSICS** ist Johannes Gutenberg (1400 — 1468), der Erfinder des Buchdrucks mit Metalllettern und der Druckerpresse.

Mit der Buchreihe **TREDITION CLASSICS** verfolgt tredition das Ziel, tausende Klassiker der Weltliteratur verschiedener Sprachen wieder als gedruckte Bücher aufzulegen – und das weltweit!

Die Buchreihe dient zur Bewahrung der Literatur und Förderung der Kultur. Sie trägt so dazu bei, dass viele tausend Werke nicht in Vergessenheit geraten.

Die zwölf Apostel

Eugenie Marlitt

Impressum

Autor: Eugenie Marlitt
Umschlagkonzept: toepferschumann, Berlin

Verlag: tredition GmbH, Hamburg
ISBN: 978-3-8424-0914-9
Printed in Germany

Eugenie Marlitt

Die zwölf Apostel

Am äußersten Ende einer kleinen mitteldeutschen Stadt, da, wo die letzten Gäßchen steil den Berg hinaufklettern, lag das große Nonnenkloster. Es war ein unheimliches Gebäude mit seinen eingesunkenen Fenstern, seinen kreischenden Wetterfahnen und den unaufhörlich um den First kreisenden Dohlenschwärmen. Aus dem Mauergefüge quollen dicke Grasbüschel, und zwischen den zerbröckelten Steinzieraten über dem gewölbten Torweg nickte ein kleiner Wald von Baumschößlingen. Wie zwei altersschwache Kameraden, deren einer den andern stützt, lehnten sich der Bau und ein uraltes Stück Stadtmauer aneinander, und das war vorteilhaft für das Kloster, denn die Mauer war sehr dick; man hatte ihren breiten Rücken mit Erde belastet, und nun sproßte und blühte es da droben so üppig, als gäbe es keine Mauersteine unter der Erdschicht. Freilich war das Ganze nur ein längliches Blumenbeet, von einem kaum fußbreiten Weg durchschnitten; dafür war es aber auch saubergehalten wie ein Schmuckkästchen. An den Wegrändern blühte ein Kranz weißer Federnelken; Lilien und Nachtviolen standen auf dem Beet, und die glühroten Früchte der Erdbeeren, samt ihren breiten, gezackten Blättern, mischten sich mit dem wilden Thymian, der, am Mauerrand hinabkletternd, seine feinen Zweige behutsam in die Steinritzen legte. Hinter der Mauer lag der ehemalige Klostergarten, jetzt ein wüster ungepflegter Grasfleck, auf dem die wenigen Ziegen der Klosterbewohner ihr karges Futter suchen durften. Aber an der Mauer selbst stand eine ganze Wildnis von Syringen und Haselstauden; die bildeten droben am Gärtchen eine grüne undurchdringliche Wand. Die Syringen hingen im Frühjahr ihre blauen und weisen Blütentrauben über das einzige hölzerne Bänkchen des kleinen Gartens, und ein alter Kastanienbaum breitete seine Äste weit über die Mauer bis in die Straße hinein, deren armselige Häuserreihe hier mündete und von dem letzten Haus nur die Rückwand ohne Fenster sehen ließ.

Es würde wohl nie ein fremder Fuß diesen entlegenen, sehr wenig einladenden Stadtteil betreten haben, wenn nicht das alte Kloster ein Juwel neben sich gehabt hätte, ein köstliches Denkmal längst versunkener Zeiten, die Liebfrauenkirche, um deren zwei schlanke Türme eine ganze reiche Sagenwelt webte und blühte. Die Kirche stand unbenutzt und verschlossen, und nie mehr seit dem letzten Miserere der Nonnen hatten heilige Klänge durch die mächtigen Säulengänge gerauscht. Die Ewige Lampe war verlöscht; die Orgel lag zertrümmert am Boden; um den verlassenen Hochaltar flatterten Schwalben und Fledermäuse, und die prächtigen, anspruchsvollen Grabmonumente alter untergegangener Geschlechter ruhten unter dichten Staubschichten. Nur die Glocken, deren wundervolles harmonisches Zusammenklingen in der ganzen Gegend berühmt war, schwangen sich noch allsonntäglich über den verwaisten Hallen, aber ihr wehmütiger Klang vermochte nicht die Gläubigen dahin zurückzuführen.

Daß man neben diesem Prachtbau mit seinen granitnen Mauern und Säulen das hinfällige Kloster stehen ließ, hatte seinen Grund in der weisen Ökonomie der löblichen Stadtbehörde. Es hatte längst seine eigentliche Bestimmung verloren. Luthers gewaltiges Wort hatte auch hier die Riegel gesprengt. Die zur neuen Lehre bekehrte Stadt duldete die gottgeweihten Jungfrauen, bis die letzte derselben eines seligen Todes verblichen war; dann aber fiel das Klostergebäude der Stadtverwaltung anheim, die es einem Teil der Armen als Asyl einräumte. Seit der Zeit sah man hinter den vergitterten Fenstern statt der bleichen Nonnengesichter bärtige Züge oder den Kopf einer emsig flickenden und keifenden Hausmutter, während auf den ausgewaschenen Steinplatten des Hofes, welche früher nur die leise Sohle und die klösterliche Schleppe der frommen Schwestern berührt hatten, eine Schar wilder zerlumpter Kinder sich tummelte. Außer dem blühenden Gärtchen auf der Mauer aber hatte das alte Haus noch eine freundliche Seite, auf welcher der Blick ausruhen konnte, wenn er all das hier zusammengedrängte menschliche Elend gesehen hatte. Die Ecke, an welche die Stadtmauer stieß, zeigte vier sauber gewaschene Fenster mit weißen Vorhängen, von denen das letzte so auf das Gärtchen mündete, daß es bequem als

Tür benutzt werden konnte, was jedenfalls auch geschah, denn an gewissen Tagen in der Woche war es weit geöffnet. Ein Seil voll feiner Wäsche zog sich von da zum Kastanienbaum, und man konnte sehen, wie eine weißliche Gestalt, die aufgesteckte Schürze voll Klammern, geschäftig aus und ein stieg. Das war die alte Jungfer Hartmann. Sie hieß eigentlich Suschen, wurde aber in der ganzen Stadt schon so lange »die Seejungfer« (Libelle) genannt, daß viele Leute ihren eigentlichen Namen gar nicht mehr wußten. Und das kam von ihrem absonderlichen Äußern, nicht etwa um ihrer flüchtigen Grazie oder Farbenschönheit willen – die haben mit dem sechzigsten Lebensjahr selten mehr etwas gemein –, es geschah vielmehr des seltsam huschenden, scheuen Ganges wegen, mit dem diese lange, gestreckte Gestalt durch die Straßen eilte. Im übrigen glich sie viel eher einer Fledermaus, vermöge ihrer scharfgebogenen, fast durchsichtig mageren Nase, ihrer aschfarbenen Haut und der großen, glanzlosen Augen, welche sich meist schüchtern unter den äußerst dünnen Augendeckeln verbargen. Dieser Eindruck wurde durch das schwarze Bürgerhäubchen vervollständigt, das, knapp anschließend, kein Haar auf der Stirn sehen ließ und zu beiden Seiten abstehende Spitzengarnierungen hatte. Die Seejungfer war das Kind eines sehr armen Schusters, der sie und ihren etwas älteren Bruder Leberecht streng und gottesfürchtig erzogen hatte und für beide Kinder keine kühneren Wünsche hegte, als daß Suschen später im Dienst ihr redliches Brot erwerbe und sein Erstgeborener ihm dereinst auf dem Dreibein gegenübersitzen und das ehrsame Schusterhandwerk betreiben werde. Das stille, sanfte Suschen, für dessen Ideenkreis die engen Wände der Schusterstube vollkommen genügten, war ganz mit dem Lebensziel einverstanden, das der Vater ihr vorgesteckt. Dem jungen Leberecht jedoch wuchsen die Flügel um ein beträchtliches länger, ja, sie reichten sogar bis zur Gottesgelehrtheit hinan. Er besaß glänzende geistige Fähigkeiten, welche ein eiserner Fleiß unterstützte, und so gelang es ihm denn auch, mittels eines Stipendiums Theologie zu studieren. Er hatte bereits sein Examen ausgezeichnet bestanden und einige Male bei großem Zudrang in seiner Vaterstadt vortrefflich gepredigt, als er infolge seiner rastlosen geistigen Tätigkeit auf das Krankenlager sank, um sich nie wieder zu erheben – er starb an der Lungenschwindsucht.

Suschen, die den Bruder wie ein höheres Wesen verehrt hatte, erlag fast ihrem Schmerz, aber sie hatte ein halbverwaistes Kind zu pflegen und zu erziehen; deshalb mußte sie sich aufraffen, was sie auch redlich tat. Mit dem Kind hatte es folgende Bewandtnis. Einmal, als bereits der junge Leberecht täglich nach Prima wanderte und Suschen schon seit längerer Zeit von den ehrbaren Bürgersfrauen mit »Jungfer« tituliert wurde, geschah es, daß sich der Storch »sehr verspäteter- und unnötigerweise«, wie sich der entsetzte Schuster ausdrückte, auf dessen Dach abermals niederließ; seit dem letzten Kind das er tot gebracht hatte, war er neun Jahre ausgeblieben. Mit schwerem Herzen und sorgenvoller Stirn zog die Meistersfrau die wurmstichige Wiege aus dem dunkelsten Bodenwinkel, verjagte die erschrockenen Spinnen aus dem kleinen Bett, fuhr mit einem nassen Tuch über dessen schmale Seitenwände, worauf alsbald grobgemalte Engelsköpfe mit brennendroten Backen und himmelblauen Augen triumphierend erschienen, und stellte es sacht neben ihr Bett, unweit des alten Dreibeins, auf welchem der Schuster mit wahrer Wut eine unglückliche Stiefelsohle behämmerte.

Das half aber alles nichts; die Wiege konnte er doch nicht in Stücke zerhämmern, und später hätte er es wahrscheinlicherweise auch gar nicht getan, denn da lag etwas Niedliches darin. Aber es war gerade, als sei der alte Storch mit einemmal blödsüchtig geworden, und als hätte er die aufgehangenen Leisten in der Schusterstube für Ahnenschilder eines alten erlauchten Geschlechtes gehalten, denn das Kind in der Wiege paßte gar nicht in die eigentlich sehr unschöne Schusterfamilie und sah überhaupt nicht aus wie ein Schusterkind; es lag vielmehr mit seiner blendendweißen Haut, dem zartgoldenen, feinen Haar und den großen, blauen Augen wie eine Prinzessin in den groben Kissen. Dafür wurde es aber auch der Augapfel des Vaters – die Mutter starb bei der Geburt der Kleinen – und ein Gegenstand der unausgesetzten Bewunderung seiner Geschwister. Während der junge Lateiner mit gewandter Feder seine Übersetzungen schrieb, erhielt sein Fuß die Wiege in sanftem Schwunge. Alle weiblichen Schönheiten des klassischen Altertums schmückte seine jugendliche Phantasie mit den feinen Zügen des Schwesterchens, und das erste Lächeln des Kindes begeisterte ihn zu Versen. Suschen dagegen ließ der Kleinen die sorgfältigste körperliche Pflege angedeihen. Sie hielt sie stets fleckenlos sauber und ging nie mehr aus ohne das Kind auf dem Arm, denn die Menschen blieben ja auf der Straße stehen und konnten sich nicht satt sehen an dem reizenden kleinen Blondkopf.

Als der Bruder Leberecht tot war und der Schuster auch bald darauf das Zeitliche segnete, da bezog die Seejungfer die ihr mitleidig gewährte Freistätte im alten Kloster und etablierte sich als Feinwäscherin. Sie brachte nichts mit als ihre unerzogene Schwester, die geringen ererbten Habseligkeiten und ihre arbeitsamen Hände. Was aber die Aufmerksamkeit und besonders den Tadel der gaffenden Klosterbewohner erregte, das war ein netter kleiner Glasschrank mit grünen Wollvorhängen, den die Seejungfer in die neue Wohnung schaffen ließ. Dies Schränkchen enthielt die sämtlichen Bücher des verstorbenen Bruders. Für Suschen selbst konnten diese literarischen Schätze freilich keinen Wert haben, denn sie verstand ja nichts von alldem, was darin stand; allein sie hatte oft genug gesehen, mit welch innigem Behagen der Bruder diese Lieblinge musterte, wie er darbte und sparte, um dies oder jenes heißgewünschte Werk anschaffen zu können. Auf jedem Titelblatt stand sein Name mit der zierlichen Schrift, die sie immer bewundern mußte; aus jedem Buch guckten einzelne Papierstreifen, welche er bei bemerkenswerten Stellen eingelegt hatte; manches steckte noch im schützenden Papiereinband, der sorgfältig mit Oblaten darübergeklebt war, und das waren für sie lauter Heiligtümer, von denen sie sich um keinen Preis der Welt getrennt hätte, lieber wäre sie Hungers gestorben. Deshalb wurde sie aber auch zum erstenmal in ihrem Leben heftig, als die Nachbarinnen ihr rieten, das unnütze Zeug zu verkaufen.

Die Seejungfer lebte von nun an nur ihrer Arbeit und der Erziehung ihrer kleinen Schwester Magdalene, die denn auch im Laufe der Zeit zu einem auffallend schönen Mädchen heranblühte. Suschen betrachtete sie oft mit geheimer Lust und sah sie schon im Geiste als die stattliche Hausfrau eines ebenso stattlichen Bürgers und Meisters. Allein das Schicksal fragt ebensowenig wie ein junges liebendes Herz nach den Plänen einer mütterlichen Liebe und Fürsorge, und so wurde Suschen sehr bald und sehr unsanft aus ihren Versorgungsträumen geweckt.

Nicht weit von der Stadt, in der diese kleine Geschichte spielt, lebte zu jener Zeit auf einem einsamen Schlosse eine einsame verwitwete Prinzessin, in deren Diensten sich, da sie eine leidenschaftliche Kunstliebhaberin war, ein italienischer Künstler befand. Dieser Neapolitaner nun war es, welcher den Strich durch Suschens Zukunftspläne machte. Er war ein schöner Mann mit feurigen, dunklen Augen und kohlschwarzen Locken. Eines Tages sah er die blonde Magdalene Hartmann, wie sie, einen Korb voll feiner Wäsche auf dem Kopfe, durch den Schloßgarten schritt. Alsbald entbrannte er in heftiger Leidenschaft für sie, und als er ihr wenige Wochen darauf, nachdem er verschiedene Male mit ihr gesprochen, in der schattigen Lindenallee des fürstlichen Gartens seine glühende Liebe gestand, da konnte auch sie nicht widerstehen und versprach ihm, wenn auch unter Tränen und heftigen Angstschauern, ihm in seine prächtige, südliche Heimat zu folgen.

Das war ein furchtbarer Schlag für die Seejungfer, als Magdalene ihren Entschluß aussprach und zugleich versicherte, daß sie sterben würde, wenn sie dem Geliebten nicht folgen dürfe. Suschen wollte jammern und bitten, allein infolge der letzten Drohung des jungen Mädchens verschluckte sie die Tränen und ließ es widerstandslos geschehen, daß eines Morgens, nach einer einfachen Trauung, der Bildhauer Beroaldo seine junge blonde Frau in den Wagen hob und für immer der deutschen Heimat entführte. Vierzehn Jahre lang kamen regelmäßig Briefe aus Italien und berichteten wechselnd Glück und Leid, im fünfzehnten aber erschien eines Morgens ein dickes Briefpaket aus Neapel; es war gar nicht Magdalenes Hand, und als es geöffnet wurde, da fiel ein Brieflein der Schwester heraus, in welchem sie die Seejungfer beschwor, sich ihres einzigen Kindes anzunehmen, weil sie sich dem Tod nahe fühle. Dabei lag ein Schreiben der Behörde, welches besagte, daß der Bildhauer Giuseppe Beroaldo samt seiner Ehehälfte an einem hitzigen Fieber und mit Hinterlassung einer achtjährigen Tochter das Zeitliche gesegnet habe. Ein Freund des Verstorbenen wolle das verwaiste Kind bis nach Wien mitnehmen, von wo es aber die Verwandte abholen müsse, sofern sie nicht wolle, daß es einer öffentlichen Anstalt übergeben werde. Zugleich wurde darauf hingewiesen, daß die Eltern völlig mittellos gewesen seien und der Kleinen auch nicht das geringste Erbe hinterlassen hätten.

Anfänglich weinte die Seejungfer bitterlich, dann aber faßte sie sich wunderbar schnell und entfaltete eine ungemeine Energie und Rührigkeit. Sie nahm die Ohrringe der seligen Mutter und die, welche sie selbst an ihrem Konfirmationstage als Patengeschenk erhalten, aus dem sogenannten Heiligtum, einer alten, mit Watte gefüllten Schachtel; dann trennte sie aus dem weißen Bürgerhäubchen, das der Mutter höchster Schmuck gewesen war, den goldgestickten Boden; die dicke silberne Uhr des Vaters und zwölf silberne Westenknöpfe wurden auch dazugelegt. Dies alles trug sie zum Goldschmied und verkaufte es. Hierauf schloß sie das Glasschränkchen auf und nahm – kein Buch –, sondern ein schweres Päckchen mit bebender Hand und feuchtem Auge heraus. Um das Päckchen war ein weißes Papier gelegt, und darauf stand in großen, steifen Buchstaben und sehr unorthographisch geschrieben: »Ich möchte gern für dieses Geld ein ehrliches Begräbnis haben, aber auch einen Leichenstein und darauf soll stehen: Jungfer Susanna Hartmann.« In dem Päckchen befanden sich dreißig blanke Silberstücke, die gaben mit dem Erlös der verkauften Sachen zusammen fünfundvierzig Taler.

Eines Morgens sah man hinter den Fenstern der Seejungfer statt der weißen Kattunvorhänge festanschließende, mit blauem Papier beklebte Fenstereinsätze, und die Blumentöpfe auf den Simsen waren verschwunden. Die Seejungfer hatte sich zum maßlosen Erstaunen der Klosterbewohner aufgemacht, das Kind der verstorbenen Schwester zu holen. Drei Wochen blieb sie aus; da plötzlich, an einem Sonnabendnachmittag, trat die Seejungfer wieder in den Klosterhof, ebenso geräuschlos kommend, wie sie gegangen war. Alt und jung stürzte aus den Türen und umringte die Ankommende, die, scheu und karg wie immer, auf alle Fragen des andringenden Haufens nur erwiderte, daß sie in Wien gewesen sei, und als Beweis dafür auf ein kleines Mädchen zeigte, welches den Kopf ängstlich in den Rockfalten der Seejungfer zu bergen suchte. Es war aber ein merkwürdiges kleines Wesen, das die Alte da mitgebracht hatte, ein wahres »Taternkind« (Zigeunerkind), wie die Nachbarinnen meinten, ein Wechselbalg, vor dem man sich fürchten könne – es sei ganz unmöglich, daß die schneeweiße goldhaarige Magdalene solch ein schwarzgelbes Ding zur Welt gebracht habe. Die Seejungfer sei angeführt worden, das müsse ein Kind einsehen. Und in der

Tat, das braune Gesicht der Kleinen, die ziemlich große Nase und der Wust pechschwarzen Haares, der auf eine niedrige Stirn fiel, dies alles hatte auch die Seejungfer erschreckt. Trotzdem konnte sie die Zweifel der Nachbarinnen nicht teilen, denn das Mädchen trug unverkennbar die Züge ihres italienischen Vaters. Es hatte auch seine wunderbar tiefen, glänzenden Augen, deren Schönheit jedoch durch die schwarzen, zu stark entwickelten Brauen sehr beeinträchtigt wurde, welche auch dem Gesicht jede Spur von Kindlichkeit nahmen.

Nach einigen Tagen der Ruhe, welche hauptsächlich dazu benutzt wurden, der Kleinen ein möglichst sauberes, gefälliges Ansehen zu geben, führte die Seejungfer ihren kleinen Fremdling in Begleitung der üblichen Zuckertüte nach der Schule. Die erste Vorstellung fiel, wie die zaghafte Alte richtig vorausgesehen hatte, nichts weniger als glänzend aus. Das Kind hielt krampfhaft die Hand der Muhme umschlossen und fuhr mit dem Kopfe heftig unter deren Mantel, als der Lehrer es anredete. Die sanften Bitten der Seejungfer und die eindringlichen Reden des Lehrers bezweckten nichts weiter, als daß die Kleine sich nur um so tiefer in die Kleider der Alten einwühlte, bis endlich dem Lehrer die Geduld riß und er scheltend das kleine Mädchen unter dem Mantel hervorzog. Da brach aber die ganze Klasse in ein schallendes Gelächter aus, denn der mittels Pomade und Kamm mühsam gebändigte Haarwust hatte sich bei der heftigen Gegenwehr des Kindes aufgelöst und starrte nun nach allen Himmelsgegenden. Zu gleicher Zeit aber erhob die Kleine ein so schmerzliches Geschrei, daß der Lehrer sich zornrot die Ohren zuhielt und die Seejungfer vor Angst am ganzen Leibe zitterte.

Von jenem Tage an war die kleine Fremde sozusagen vogelfrei in den Augen der anderen Kinder. Sie verwarfen ihren Eigennamen Magdalene, der so sanft klang, und nannten sie einstimmig »Tater«, ob auch die Kleine wütend wurde, ihre weißen Zähne zornig wies und mit dem Fuße stampfte. Sie lief meist wie gescheucht nach Hause, der Kinderschwarm lärmend hinterdrein, bis sich die Verfolgte auf einen Eckstein flüchtete, dort die verschränkten, mageren Arme über die Augen hielt und regungslos stehen blieb. Dann sah man nur noch an der kleinen, heftig atmenden Brust, daß noch Leben in ihr war; sie rührte sich dann auch nicht mehr, wenn die wilden Kinder sie an den Kleidern zupften oder mit Wasser bespritzten, und wartete geduldig, bis vernünftige Erwachsene sie befreiten und ihre kleinen Peiniger nach Hause gehen hießen. Bei den Lehrern fand sie wenig Schutz. Sie fühlten keine Sympathie für das unheimliche Wesen, das bei jeder Frage die düsteren Augen wild erschreckt auf sie heftete und nur selten, am allerwenigsten aber mittels Drohungen oder rauher Worte zu einer Antwort sich bewegen ließ. Freilich zeugte dieselbe dann stets von einer merkwürdigen Fassungskraft und von einem klaren Verständnis dessen, was der Lehrer vorgetragen; allein die wenigen Worte wurden gewöhnlich rauh und in fremdklingendem Deutsch hervorgestoßen und von so heftigen Gesten begleitet, daß allgemeines Gelächter entstand.

Seit jenem denkwürdigen Abend, an welchem die kleine Waise aus dem Süden zum erstenmal die Freistätte des Elends betrat, mochten ungefähr zwölf Jahre verstrichen sein – und hier beginnt eigentlich die Erzählung –, als an einem Pfingstsonntag, und zwar gerade als die sogenannte große Glocke mit tiefem, mächtigem Klange in das Nachmittagsgeläute einfiel, ein junger Mann am schmalen Eingang der Gasse erschien, welche nach dem Kloster führte. Offenbar war er dem Geläute bis hierher gefolgt. Er blieb auch einen Augenblick stehen, gleichsam überwältigt von der Macht dieser wundervollen Harmonie. Zwei greise Mütterchen, festlich angetan mit dem silberbetreßten Bürgerhäubchen und in den stattlichen, radförmigen Tuchmantel gehüllt, schritten an ihm vorüber nach der Kirche und grüßten freundlich. Auch verschiedene Fenster öffneten sich, aus denen Männer in Hemdärmeln und Frauen mit der Kaffeetasse in der Hand die neugierigen Gesichter steckten. Der junge Mann aber bemerkte dies alles nicht; das Auge auf den Turm gerichtet, durch dessen offene Luken man deutlich die schwingenden Glocken sehen konnte, ging er langsam weiter bis zu dem Gärtchen auf der Mauer. Dort, durch den Kastanienbaum gegen die brennenden Sonnenstrahlen geschützt, lehnte er sich an das Gemäuer und lauschte bewegungslos. Da erhob sich ein schwacher Luftzug; ein weißes Blatt flatterte vom Mauerrand herab zu seinen Füßen, zugleich lief eine weibliche Gestalt droben durch das Gärtchen und verschwand in dem offenstehenden Fenster. Die Erscheinung war flüchtig und lautlos vorübergeglitten wie ein Schatten. Der junge Mann hatte nur einen fein geformten Hinterkopf mit einem prächtigen bläulich-schwarzen Flechtengewirr und einen entblößtem, schön gerundeten Arm gesehen, der das Fensterkreuz umschlang, während der schlanke Leib sich in das Innere des Hauses bog, allein in dieser einen Bewegung lag so viel jugendliche Anmut, eine so schlangengewandte Biegsamkeit, daß der Beobachter drunten auf der Straße ohne Zweifel auch ein dazugehörendes Gesicht voll Liebreiz voraussetzte, denn er musterte sofort mit großem Interesse die Fensterreihe mit den weißen Vorhängen, hinter deren einem jedoch nur das scharfe Profil der Seejungfer sichtbar war, wie sie, die Brille tief auf die Nase herabgedrückt und das Gesangbuch weit abhaltend, ihr Nachmittagsgebet las.

Der Fremde hob das Blatt auf, das noch vor ihm auf dem Boden lag. Es enthielt das flüchtig, doch korrekt mit Bleistift hingeworfene Porträt einer Frau, ein wunderliebliches, aber echt deutsches Gesicht, von lichtem Haar umrahmt, unter dem kleidsamen Schleier der Neapolitanerinnen. Das Blatt war jedenfalls von dem Steintisch droben auf der Mauer herabgefallen, dessen Platte mit verschiedenen Papieren bedeckt war; auch mehrere Bücher lagen dort. Diese Zeichen einer höheren geistigen Beschäftigung samt dem improvisierten hohen Gärtchen voll Blütenduft und Käfergeschwirr sahen merkwürdig genug aus inmitten der zerfallenen, armseligen Umgebung, fast wie ein versprengtes Märchen, das sich in die rauhe Wirklichkeit verirrt hat.

Unterdes hatte das Geläute einen immer mächtigeren Aufschwung angenommen, ein Zeichen, daß es seinem Ende nahte. Der junge Mann sah wieder hinauf nach dem Turmfenster, aber statt der schwingenden Glocken erschien jetzt eine helle Gestalt in der schmalen Öffnung, es war dieselbe Erscheinung, die vorhin so rasch über die Mauer gehuscht war. Der Fremde hatte nicht so bald dies bemerkt, als er auch das Kloster und die Kirche umschritt und die alte ausgetretene Steintreppe des Glockenturmes hinanstieg. Als er oben war, fiel sein erster Blick auf die Gestalt im Fenster, und überrascht blieb er stehen. Es war ein junges Mädchen, das da still und regungslos mit gefalteten Händen auf dem Sims saß. Das Spitzbogenfenster mit seinen fein gemeißelten Arabesken umschloß sie wie ein enger Rahmen, und gegen den tiefblauen Himmel draußen, der sich erst in weiter Ferne auf einen schön geschwungenen, in zartes Violett getauchten Bergrücken legte, zeichnete sich ein bewundernswürdiges Profil ab, rein und tadellos in der Form und von einem hinreißenden Ausdruck beseelt.

Der Blick des Fremden, der unverwandt und erstaunt auf dem Gesicht haftete, schien indes etwas wie eine magnetische Kraft zu besitzen, denn das Mädchen wandte plötzlich den Kopf nach innen. Ihr dunkles Auge öffnete sich weit und starrte ihn einen Augenblick an, als käme er aus der Geisterwelt, dann aber sprang sie mit einem Schrei vom Sims herab, barg den Kopf in beiden Händen und rannte in dem schmalen Gange, der zwischen den Glocken und der Mauer blieb, wie in Todesangst einen Ausweg suchend, auf und ab. Da es jedoch den Anschein hatte, als ob sie sich in ihrer Verwirrung zwischen das sausende Erz stürzen wolle, so lief ein alter Mann hinzu, welcher sie am Arme faßte und, um das Glockengebraus zu übertönen, ihr heftig und laut in die Ohren schrie. Sie aber riß sich los und eilte mit Blitzesschnelle und abgewendetem Gesicht an dem Fremden vorüber, die Treppe hinab, wo sie alsbald in der unten herrschenden Dunkelheit verschwand.

Dies alles war das Werk eines Augenblicks gewesen. Zugleich erschollen die letzten Glockenschläge mit fast betäubender Gewalt, um bald darauf hinzusterben in ein schwaches, unregelmäßiges Klingen, das zuletzt als wehmütiges Tongeflüster in den Lüften verschwamm. Dann hingen sie still und dunkel da, die Glocken, mit gebundenen Schwingen den Klangreichtum in sich betrauernd, weil er schweigen muß nach dem Willen der kleinen Menschen da drunten. Aber noch lange nach ihrem Verklingen, selbst wenn der schwächste Ton ausgezittert hat, ist es, als entströme ihnen ein unsichtbares Leben, als zögen die Geister der abgeschiedenen Klänge leise dem Strome nach, der mächtig hinausflutet und, in Millionen Arme geteilt, an die Menschenbrust schlägt; er rauscht an das verstockte Gemüt, das sich grimmig wehrt und windet unter der unabweisbaren Mahnung, und löst sich harmonisch auf in der spiegelklaren Flut, die wir »eine reine Seele« nennen.

Mehrere Männer, welche das Geläute besorgt hatten, waren indessen von den Balken herabgestiegen und gingen grüßend die Treppe hinab, indem sie ihre Röcke anzogen. Jener alte Mann aber, der mit dem Mädchen gesprochen hatte, zog höflich seine Mütze vor dem Fremden, wobei ein ehrwürdiger, schneeweißer Scheitel sichtbar wurde, und sagte mit einem eigentümlich gutmütigen Anflug in der Stimme: »Was hat denn der Herr dem Lenchen getan, daß sie so ganz außer Rand und Band war? Um ein Haar wär' sie von den Glocken erschlagen worden.«

»Sehe ich denn aus wie ein Mädchenverfolger, alter Jakob?« fragte lächelnd der junge Mann.

Der Alte blickte erstaunt auf. »Der Herr kennt mich?« fragte er und sah dem Fremden forschend ins Gesicht, während er die dicken, weißen Augenbrauen zusammenzog und die Hand schützend vor die Augen hielt, um besser sehen zu können.

»Es scheint, ich habe ein treueres Gedächtnis für meine alten Freunde als Ihr... Wie könnte ich wohl den Mann vergessen, der alle meine tollen Knabenstreiche unterstützte, der mir manchen Apfel vom Baume geschüttelt hat und mich gern als zweiten Reiter auf meines Vaters Braunem duldete, wenn er ihn nach der Schwemme ritt!« erwiderte der Fremde und reichte dem Alten freundlich die Hand.

»Herr Jesus!« rief der alte Mann. »Nein, wie kann man aber auch so blind werden! Ja, das Alter, das Alter... Na, das ist eine Freude!... Hätt' nicht gemeint, den jungen Herrn Werner in meinen alten Tagen noch einmal zu sehen... Und wie groß und stattlich Sie geworden sind... Jetzt müßte die sel'ge Mutter kommen, die würde wohl Augen machen, wenn sie ihr Herzblatt sähe! – Bleiben Sie denn nun aber auch bei uns?«

»Fürs erste, ja... Nun sagt mir aber, wer ist denn das Mädchen, das hier am Fenster saß?«

»'s Lenchen, der Seejungfer ihr Schwesterkind.«

»Was, der Tater?«

»Ach du meine Güte, das wissen Sie noch?... Ja, die bösen Kinder hatten sie so getauft; aber aus dem Tater ist ein schönes Mädchen geworden. Die Leute wissen's nicht so, weil sie sich immer hinter den Mauern verkriecht, und in den armseligen Kleidern sieht man's auch nicht gleich... Es gibt auch Dumme genug, die meinen, es sei nicht ganz richtig bei ihr, weil sie manchmal so absonderlich ist. Es ist wahr, sie führt freilich mitunter Reden, die unsereiner nicht versteht, muß sie denn aber deshalb gerade verrückt sein?... Sehen Sie, Herr Werner«, fuhr der Alte fort und strich mit der großen, schwieligen Hand über die Augen, »das ist immer gar ein armes Ding gewesen, so allein, keinen Vater und keine Mutter... Ich hatte sie im Anfang gar nicht weiter angesehen, wenn sie auf den Turm kam, die anderen nannten sie nur die Unke, weil sie immer so still in ihr Winkelchen kroch, aber einmal, da sah ich sie, wie sie ihr Köpfchen in die eine Glocke legte, die gerade ausgeklungen hatte, und sie streichelte, als ob es ein lieber Mensch sei, das dauerte mich. Ich ging auf sie zu und redete sie an, da machte sie aber ganz erschrockene Augen und schoß die Treppe hinunter wie eine wilde Katze. Später hat sich's aber doch noch gemacht. Wir wurden gute Freunde, und ich gewöhnte mich so an das närrische kleine Ding, daß mir nachher meine Frau jeden Sonntag mein Töpfchen Kaffee hierher auf den Turm bringen mußte, weil ich ihn daheim immer kalt werden ließ; daß da die Kleine mittrank, können Sie sich denken.«

»Dann habe ich Euch heute um Euer Kaffeestündchen gebracht, denn es scheint, das Mädchen kommt nicht wieder«, sagte Werner und bog sich aus dem Turmfenster.

Tief unten lag das Mauergärtchen, aber es herrschte dort sowohl wie in der kleinen Gasse eine Totenstille. Die Sonne lag brütend auf der engen Ecke, und alles, was lebte, hatte sich hinter die kühlen Mauern geflüchtet.

»Ja, ich glaub's auch«, entgegnete der Alte, »heute kommt sie nicht mehr, sie hat sich zu sehr erschreckt; möchte nur wissen, warum. Sie geht freilich allen Menschen aus dem Wege, aber das tut sie gewöhnlich still, ohne daß es die andern groß merken... Ich weiß nicht, was heute in sie gefahren ist; Sie sehen doch wahrhaftig nicht so aus, daß man sich fürchten müßte, Herr Werner!«

Der Blick des Alten glitt bei diesen Worten wohlgefällig über die auffallend schöne, imposante Gestalt des jungen Mannes; der aber zog seine Brieftasche hervor und zeigte Jakob die gefundene Bleistiftzeichnung.

»Ach, das ist Lenchen ihre sel'ge Mutter!« sagte dieser. »Das Bildchen hat die Kleine selbst aus dem Gedächtnis gemacht.«

»Wie«, rief Werner erstaunt, »das junge Mädchen?«

»Jawohl, die malt wie irgendeiner. ›Setze dich hierher, Jakob‹, sagt sie manchmal, wenn wir oben zusammensitzen. ›Siehst du, da kommt ein heller Sonnenstrahl, der fällt gerade auf deinen Kopf, so muß ich dich zeichnen.‹... Und da dauert's keine Viertelstunde, da steh' ich alter Kerl da auf dem Papier, daß die Leute hell auflachen, so ähnlich ist's... Da wohnte lange Jahre ein alter Maler im Kloster. Er soll seine Sache recht gut verstanden haben, allein, er war aus der Mode gekommen, die vornehmen Leute sagten, er lege nicht den rechten Verstand in die Gesichter... Du lieber Gott, da mag auch manchmal guter Rat teuer gewesen sein, denn etwas malen, was nicht da ist, dazu gehört wohl ebensoviel Kunst, als wenn man Glocken läuten will, die keinen Klöppel haben... Nun, der alte Mann hat gemerkt, daß in dem Lenchen was steckt; er hat sie hergenommen und hat ihr gezeigt, wie man die Bilder macht, und bald hat sie ihm geholfen an den Karmen und Patenbriefen, welche die gemeinen Leute gern schön gemalt haben. Der Alte ist nun vor ein paar Jahren gestorben, und Lenchen hat seine Kundschaft gekriegt, sie verdient manchen Groschen damit.«

Der alte Jakob hatte, während er noch mit Werner sprach, einige Luken zugemacht, schüttelte sich den Staub von Rock und Mütze, der hier oben massenhaft bei jedem Schritt aufwirbelte, und verließ darauf, nachdem er noch liebkosend mit der Hand über die große, prächtige Glocke gestrichen hatte, mit dem jungen Manne den Turm.

Sie schritten durch mehrere Straßen, bis sie vor einem großen, etwas düster aussehenden Gebäude – Werners Hause – stehenblieben.

Hier sagte der junge Mann: »Um in die Schwemme zu reiten, bist du nun zu alt, lieber Jakob; die Äpfel vom Baume kann ich mir jetzt auch selbst holen, denn ich habe ein Paar tüchtige Arme, wie du siehst. Aber eine männliche Aufsicht in meinem Haus und Garten und ein treues, ehrliches Gesicht, welches mir jeden Augenblick meine fröhliche Kinderzeit zurückruft, das kann ich brauchen. Wenn du also willst, guter Alter, so kannst du samt deiner Frau jeden Tag in die hübsche Hofwohnung meines Hauses einziehen. Es ist mir eine Freude, für deine alten Tage zu sorgen. Deshalb aber bleibt es dir doch unverwehrt, den Glocken und deinem scheuen Liebling auf dem Turme jeden Sonntag deinen Besuch zu machen.«

Jakob sah ihn an, als träumte er. Zitternd faßte er die Hand Werners und brachte in all seiner Glückseligkeit nichts weiter heraus als: »Ach, Herr, ob ich will!... Mit tausend Freuden, ja, aber lassen Sie mich jetzt geschwind heim... Was wird nur meine Alte dazu sagen, die springt deckenhoch vor Freude, wenn's noch geht mit ihren alten Beinen!«

Und damit rannte er spornstreichs die Straße hinab. Werner faßte den blanken Messingknopf an der Haustür und läutete. Alsbald erschien droben im schrägen Spiegel am Fenster ein altes Damengesicht mit hochmütigen, harten Zügen, von einer sehr gesteiften, schneeweißen Haube umgeben; es verschwand ebenso schnell wieder, und sogleich öffnete sich der Torflügel mit jener Schwerfälligkeit und Vornehmheit, wie sich massive Torflügel in alten und reichen Häusern zu öffnen pflegen.

Der junge Werner war das einzige Kind sehr vermögender, angesehener Eltern, die er jedoch schon im fünfzehnten Jahre verlor. Ein alter Onkel, geistlichen Standes und in einer entfernten Stadt wohnend, wurde sein Vormund und nahm ihn zu sich. Hier erhielt er eine vortreffliche Erziehung. Er besuchte das dortige Gymnasium, bezog später die Universität und ging dann nach Italien, dem Ziel seiner heißesten Jugendwünsche. Er hatte ein ausgezeichnetes Malertalent und lebte dort, völlig unabhängig durch sein Vermögen, nur der Kunst. Nach sechsjährigem Aufenthalt im Süden erfaßte ihn jedoch mit einemmal das Heimweh, und er kehrte nach Deutschland zurück, um wenigstens auf einige Zeit wieder an dem Orte zu leben, wo er ein glückliches, vorzüglich von der Mutter zärtlich geliebtes Kind gewesen war. Eine alte, verwitwete Tante hatte während seiner langen Abwesenheit sein Vaterhaus bewohnt und imstande erhalten, und so fand er bei seiner Zurückkunft wenigstens eine bequeme Häuslichkeit, wenn auch kein treuer Mutterarm ihn mehr empfing und jener Liebesstrahl des mütterlichen Auges erloschen war, der seine Kindheit verklärt hatte.

Wer zu der Seejungfer wollte, der mußte durch den düstern, von alten verfallenen Gebäuden eingeschlossenen Klosterhof. Im Flügel rechts befand sich eine Tür, deren hoher, gewölbter Bogen noch sehr schöne Spuren eines kunstreichen Meißels trug; an der Tür selbst aber waren einzelne Bretter aus dem Gefüge gewichen, was seltsam kontrastierte mit dem ungeheuern Schloß und den massiven eisernen Beschlägen, die für alle Zeiten gemacht zu sein schienen. Dieser Eingang führte in ein kellerartiges Gewölbe; am Ende dieses tiefen Ganges lief eine schiefe, halsbrechende Treppe in das obere Stockwerk. Hier wohnte die Seejungfer, und da war es licht und sonnenhell, wenn auch klein und eng – man vergaß in dem saubern Wohnstübchen mit dem ungeheuren Kachelofen und den weißgescheuerten tannenen Möbeln sofort den unheimlichen Eingang.

An dem offenen Fenster, das hinaus auf die Mauer führte, saß Magdalene. Zu ihren Füßen stand ein Korb mit frisch gebügelter Wäsche, und der Fingerhut an der Hand und ein Stück Leinenzeug auf ihrem Schoße zeigten, daß sie beschäftigt war, die Wäsche auszubessern. Aber die Nadel ruhte. Betrachtete man diese hohe Mädchengestalt, so mußte sich unwillkürlich der Blick des Beschauers fragend nach der Zimmerdecke richten, ob sie wirklich beabsichtige, so niedrig, schief und angeräuchert hängenzubleiben über diesem schönen Haupte, das so stolz auf dem Nacken saß, über dieser ausdrucksvollen Stirn und den wunderbaren Augen darunter...

Das altmodische Schränkchen mit den Glastüren und den grünen Wollvorhängen stand offen. Die Bücherreihen darin sahen nicht mehr neu aus, einige davon erschienen sogar recht abgegriffen, auch standen sie durchaus nicht so schön steil da wie die wohlgeordneten Truppen vornehmer Bibliotheken, die zwar ausgezeichnet equipiert werden, sehr selten aber ins Treffen kommen – man sah vielmehr einzelne, die flüchtig und halb hineingesteckt waren, um vielleicht infolge eines raschen Gedankens gleich wieder bei der Hand zu sein. Es standen ehrenwerte Namen auf den kleinen roten Vignetten, Namen, vor denen die ganze Welt sich beugt und die hier in einem ärmlichen Erdenwinkel den ganzen Segen ihres Wirkens in ein von der sogenannten Welt völlig ausgeschlossenes Gemüt streuten. Der alte Maler, der Magdalene im Zeichnen unterrichtet hatte, war ein vielseitig gebildeter Mann gewesen. Er hatte das junge Mädchen zuerst auf den kostbaren Schatz im Glasschranke aufmerksam gemacht und ihr nach und nach selbst die Bücher in die Hand gegeben, wie sie in strenger Reihenfolge ihrem sich ungemein rasch entwickelnden, feurigen Geist nützen mußten. Nach stillschweigender Übereinkunft zwischen ihm und der Seejungfer brachte er stets die langen Winterabende im warmen, gemütlichen Stübchen derselben zu und las, von Suschens unermüdlich schnurrendem Spinnrad akkompagniert, Magdalene vor oder erklärte ihr die Stellen, die ihr dunkel geblieben waren. Als ein von der undankbaren Welt vergessener Mann war er jedoch nicht ohne Bitterkeit. Ein entschiedener Feind der meisten sozialen Einrichtungen, zog er oft mit schneidender Ironie gegen dieselben zu Felde und beleuchtete grell ihre Lächerlichkeiten und Widersprüche. Daß diese Saat üppig aufschoß in einem jungen Herzen, dessen heißes Empfinden überall an die zurückweisenden Schranken der Welt stieß und so in sich verglühen mußte, konnte wohl nicht anders sein. Auf diese Weise kam es, daß, während der Geist des jungen Mädchens jubelnd das Reich der Ideale betrat, welches ihr alter Freund in den Werken großer Meister vor ihr aufschloß, ihr Gemüt einem finstern Dämon verfiel, dem tiefsten Mißtrauen gegen die Menschen, geschöpft aus den Lebenserfahrungen des verbitterten Alten und aus einer trüben Kindheit.

Magdalene hatte den Kopf an die Fensterbekleidung gelehnt. Sie merkte es nicht, daß eine kleine Weinranke von draußen hereinkam und sich schmeichelnd auf ihr Haar legte; auch den kleinen vorwitzigen Sperling sah sie nicht, der nahe an ihre Schulter herantrippelte und Brotkrumen suchte, die sie ihm oft hinstreute. Sie blickte träumerisch vor sich hin und hielt in der herabgesunkenen Hand mehrere zusammengeheftete Papiere. Es waren alte, vergilbte Blätter, eine Anzahl von dem verstorbenen Leberecht zierlich geschriebener Verse enthaltend – Gedichte voll Schwung und Glut, voll tiefen Leides und schmerzlicher Resignation. Auf dem Titelblatt stand: »An Friederike«.

Langsame Tritte draußen auf der knarrenden Treppe schreckten das junge Mädchen aus ihrem Nachsinnen auf. Sie eilte nach der Tür und nahm der eintretenden Seejungfer einen leeren Korb und den Mantel ab, den sie sorgfältig an den Nagel hing, dann schob sie der Muhme den alten Sorgenstuhl des verstorbenen Schusters hin und holte den Nachmittagskaffee aus der Küche. Die Seejungfer sah ihrer Geschäftigkeit freundlich zu, gleichwohl hatte sie einen etwas mürrischen, unzufriedenen Zug um den Mund, der sich auch durchaus nicht unterdrücken lassen wollte.

Sie sagte deshalb, nachdem sie die schwarze Bürgerhaube der Schonung wegen mit einer buntkattunenen Hausmütze vertauscht hatte: »Höre, Lenchen, ich bin der Frau Schmidt begegnet. Sie wollte mir zehn Groschen geben, weil du sie durchaus nicht genommen hättest, sagte sie. Guck, mein Töchterchen«, fuhr die Alte fort, »es heißt in der Bibel: ›Brich dem Hungrigen dein Brot‹, das hat mir mein seliger Vater oft genug gesagt, obgleich es bei uns nicht ein einziges Mal vorgekommen ist, daß sich ein anderer an den Spruch gehalten hätte, und wir waren manchmal recht in Not. Na, das tut nichts, ich hab' mich mein Lebtag an das Wort Gottes gehalten, soviel ich konnte; aber es hat alles seine Grenzen... Da hast du nun einen ganzen Tag fest gearbeitet an dem Leichenkarmen für der Schmidt ihr Kind, hast viel schönere Rosen und andere Sachen daraufgemalt, als du bei weit reicheren Leuten schon gemacht hast – und nun nimmst du nicht einmal das Geld dafür, das du sauer genug verdient hast... Zehn Groschen sind für uns viel Geld, Lenchen, und der Schmidt ihr Kind wär' ebenso selig geworden, wenn sie ihm ein Sträußchen Buchsbaum auf den Sarg gelegt hätte, statt des Sprüchleins und der gemalten Blumen auf dem weißen Seidenband.«

»Muhme, das ist nicht Euer Ernst!« entgegnete das Mädchen, und seine erst von einer sanften Freundlichkeit beseelten Züge nahmen einen Ausdruck von Strenge an. »Seht mich einmal an, Muhme. Wißt Ihr noch, wie die Schmidt die Hände fast blutig rang und verzweiflungsvoll weinte und schrie, als ihr der liebe Gott das kleine Mädchen, den Trost ihrer Augen, ihre ganze Glückseligkeit auf dieser Welt, nahm?... Könnt Ihr Euch nicht denken, daß darin noch ein geringer Trost, eine wehmütige Freude liegt, wenn wir das, was wir begraben müssen, wenigstens bis zu dem Augenblicke, wo es unseren Blicken entzogen wird, mit den höchsten äußeren Ehren, die wir zu geben vermögen, mit jedem sichtbaren Ausdruck unserer Zärtlichkeit überhäufen können? Und soll eine arme Mutter darin nicht gerade so fühlen wie eine reiche?... Seid nicht bös, Muhme, ich konnte das Geld nicht nehmen, an dem die Tränen des armen Weibes hingen.«

»Ja, da sprichst du nun wieder wie ein Buch, und unsereins kann nichts darauf sagen. Aber, Lenchen, wenn du's immer so machen wirst, da wirst du dein Lebtag zu nichts kommen.«

»Seid ohne Sorgen, Muhme«, erwiderte das junge Mädchen nicht ohne einen Anflug von Bitterkeit. »Ihr wißt selbst am besten, wieviel Leichenkarmen mir schon bezahlt worden sind, ohne daß ich nötig gehabt hätte, mich zu weigern... Ihr habt das Geld der Schmidt gelassen, nicht wahr, Muhme?«

»Ja freilich, da du's nicht nehmen wolltest, da durft' ich schon gar nicht, aber geärgert hab' ich mich doch, hab's auch gleich dem Jakob gesagt, der gerade dazukam. Aber der ist nicht um ein Haar anders als du. ›Recht hat das Lenchen‹, sagte er und ließ mich stehen.«

Der Blick der Seejungfer fiel jetzt auf das geschriebene Heft, das noch auf dem Tische lag.

»Was hast du denn da?« fragte sie.

»Geschriebenes vom Vetter Leberecht«, sagte das Mädchen. »Es lag in einem Buch ganz droben im Glasschrank. Ich hatte bis jetzt die Klammern daran nicht aufgemacht; aber heute, als ich den Schrank innen säubern wollte, da stürzte es herunter, und da fiel das Heft heraus.«

»Ja«, sagte die Alte, und eine tiefe Rührung überflog ihre Züge, »das sind schöne Liederverschen, die der Leberecht wahrscheinlich aus seinen Büchern abgeschrieben hat... Ich hab' ihm oft in seiner Krankheit dies Schreibbüchlein aufs Bett legen müssen, bis er's am Tage vor seinem Tode selbst in das große Buch geschoben hat.«

»Muhme Suschen, hat denn der Vetter Leberecht ein Mädchen liebgehabt?« fragte plötzlich Magdalene.

Die Seejungfer, die bei aller Rührung eben ein Stück Semmel zum Munde führen wollte, hielt so erstaunt inne, als sei sie eben gefragt worden, ob der Wald blau sei und der Himmel grün.

»Was du aber auch immer für närrisches Zeug aufs Tapet bringst!« sagte sie endlich. »Der Leberecht, der stille, ernsthafte

Mensch, der weder rechts noch links sah und immer seinen Weg fein gesetzt ging – nein!«

»Nun, deswegen könnte er doch geliebt haben.«

»Ja, wen denn?... Es gab freilich damals hübsche Bürgerstöchter genug, und die Weiberstühle waren immer zum Brechen voll, wenn er predigte, aber angesehen hat er keine. Er ging ja auch zu gar keiner Menschenseele und steckte den ganzen Tag zu Hause. Nur einigemal in der Woche kam er zu dem gestrengen Herrn Bürgermeister Werner und gab dem Jungen Stunden.«

»Waren auch Töchter da?«

»Freilich, eine – na, du wirst doch nicht gar glauben, daß der Leberecht so dumm gewesen sei, sich in die Friederike zu verlieben, das stolzeste Mädchen in der ganzen Stadt?... Nein, das hätte der Leberecht nie getan, und wenn er's auch bis zum Kandidaten gebracht hatte – er war doch nur ein Schustersohn, und das hat er nie vergessen. Da wäre er aber auch schlecht angekommen, denn Werners ganze Sippschaft hatte einen gar erschrecklichen Stolz. Nun, sie waren ja auch reich und vornehm genug!... Tausend noch einmal, in dem Hause soll es hoch hergegangen sein! Manchmal sonnabends kam der Bediente und lud den Herrn Kandidaten auf einen Löffel Suppe zum Sonntag ein. Da ging denn der Leberecht auch immer hin und nahm seine Geige mit – er soll recht schön gespielt haben, ich verstand's nicht. Und da mußte er immer nach Tische der Familie ein Stückchen aufspielen, und die Friederike sang auch... Aber er hat auch viel Ärger dort gehabt, denn der Junge, dem er das Lateinische beibringen mußte, hat ihm viel zu schaffen gemacht, er war gar ein böser, nichtsnutziger Range... ist nachher aber doch ein vornehmer Mann und Bürgermeister geworden.«

»War denn Friederike schön?«

»Na, ob die schön war! Das will ich meinen... Du kennst sie ja, es ist die jetzige alte Frau Rätin Bauer. Man sieht freilich jetzt nichts mehr davon, sie hat ein ebenso runzeliges Gesicht wie ich auch – junge Springer, alte Stelzner – lautet das Sprichwort; aber damals, ja damals!... Ich habe sie einmal gesehen, wie sie zu einer Hochzeit ging, und das habe ich mein Leben lang nicht vergessen können. Da hatte sie ein steifseidenes Kleid an, das war blau wie der Himmel; es schleppte hinten lang nach und rauschte entsetzlich, und die ganze hohe Frisur war mit Rosen besteckt, frisch vom Stock, wie sie im Garten gewachsen waren... Ach ja, ich weiß noch, dazumal war's mit dem Leberecht nahe am Ende. Ich wollte ihm noch eine kleine Freude machen und setzte mich an sein Bett und erzählte ihm vom Hochzeitszug und von Werners Friederike, die er doch so gut kannte – wie lustig und stolz sie ausgesehen hatte und was für ein stattlicher Herr sie führte... Da machte er mir aber ein Paar Augen, die vergeß' ich in meinem ganzen Leben nicht – nachher steckte er den Kopf tief ins Kissen, und am andern Morgen ist er gestorben. Ich mein' immer, er hat da noch einmal an den vielen Ärger gedacht, den er mit dem bösen Jungen gehabt hat.«

Magdalene sah tiefbewegt auf die alte Frau, die so ahnungslos und ruhig erzählte, wie sie dem über alles geliebten Bruder unwissend den letzten Todesstoß beigebracht hatte. Während ihrer Erzählung hatte die Alte die Brille aufgesetzt und einen schadhaften Strumpf auf die linke Hand gestülpt, dem sie wacker mit Nadel und Faden zusetzte.

»Die Friederike hat nachher den Rat Bauer geheiratet«, fuhr die Seejungfer in ihren Mitteilungen fort, »und es ist dazumal ein Gesperr in der Stadt gewesen über den vornehmen Bräutigam, daß kein Kaiser und kein König neben ihm aufkommen konnte. Aber Hochmut kommt vor dem Falle, und man soll den Tag nicht vor dem Abend loben. Der Herr Rat hat kein Geld in der Hand leiden können – es mußte alles hinaus, und wie er gestorben ist, da war nichts mehr zu finden, und in der Friederike ihrem großen Geldkasten, da hielten die Mäuse Kirchtag... Dazu kam nun noch das Unglück, daß ihre Tochter im ersten Kindbett starb und ihr Tochtermann, weil er schlechte Streiche gemacht hatte, davonging. Dazumal hat sie mich gedauert – aber all das Schicksal hat sie nicht mürbe gemacht; sie hielt sich strack und steif wie immer, und in den Trauerkleidern hat sie eben nicht anders ausgesehen als vorher auch.«

»Ihr Enkelkind, die Antonie, kenne ich wohl von der Schule her«, sagte Magdalene, und um ihre Lippen glitt ein herber Zug. »Sie saß immer so steif eingeschnürt in den tadellos gehaltenen Kleidern auf ihrem Platz, und ihr gelbes Haar war so glatt an die Schläfen gestrichen, daß es wie ein Spiegel glänzte. Sie tat unendlich vornehm, so daß die anderen Kinder mit einer wahren Ehrfurcht zu ihr aufsahen... Ich haßte sie, denn sie hinterbrachte stets dem Lehrer die kleinsten Vergehen, die in der Klasse vorkamen, und konnte so zufrieden lächeln, wenn recht harte Strafen zudiktiert wurden. Es empörte mich, wenn sie uns auch noch als Muster eines wohlgesitteten Kindes vorgestellt wurde.«

»Ja, Lenchen, das ist nun einmal der Welt Lauf. Zu meiner Zeit war's geradeso, da waren die Ratstöchter auch immer die gescheitesten und die besten – das muß wohl so in der Art liegen... Das kannst du mir aber glauben, wenn die Frau Rätin ihren Bruderssohn, den jungen Herrn Werner, nicht hätte...«

Ein Klopfen an der Tür unterbrach sie, und viel eher hätte sie wohl des Himmels Einsturz erwartet als das, was sie sah. Der junge Mann, dessen Name noch halb auf ihren Lippen schwebte, trat, sich tief unter der niedrigen Tür bückend, in das Stübchen und bat, nachdem er freundlich gegrüßt, um den Schlüssel zu der Liebfrauenkirche, den, wie er höre, die Jungfer Hartmann seit letzterer Zeit in Verwahrung habe.

Die Seejungfer knickste und riß ihre gläsernen Augen weit auf; das junge Mädchen aber schrie diesmal nicht, wie vor einigen Tagen auf dem Turm; sie machte auch keine Bewegung, um fortzulaufen – langsam erhob sich ihre schlanke Gestalt vom Stuhle, ja, es sah fast aus, als wüchse sie zusehends. Ihr Gesicht war schneeweiß geworden bis in die festgeschlossenen Lippen; aber in ihren Augen, die sie auf den Eintretenden richtete, funkelte es wie ein zorniger Blitz.

Während die Seejungfer in die anstoßende Kammer eilte, um den begehrten Schlüssel zu holen, näherte sich Werner Magdalene. Die Abendsonne fiel in dem Augenblick auf seine Züge – sie waren wie von Marmor, so edel, fest, aber auch so ruhig und so kalt. Er schien das Zurückweisende in der ganzen Haltung des jungen Mädchens nicht zu bemerken und sagte höflich: »Ich habe Sie neulich erschreckt, wie ich mit Bedauern sehen mußte.«

»Ich hatte eben Herrliches geträumt und war nicht darauf vorbereitet, einen Menschen zu sehen.«

»Es ist traurig, so unsanft geweckt zu werden.«

»Ich bin mit Enttäuschungen vertraut, seit ich denken gelernt habe.«

»So jung – und schon so bitter?«

»Erfahrungsreich, wollen Sie sagen.«

»Nein, das wollte ich durchaus nicht sagen, ich müßte denn diese Erfahrungen doch erst kennen – von Ihrer Vergangenheit aber weiß ich sehr wenig.«

»Es ist auch der Mühe gar nicht wert, sie näher zu besichtigen.«

»Wenn ich mir nun aber doch diese Mühe nehmen wollte?«

»So werden Sie alsbald finden, daß Sie schon viel zu lange mit mir gesprochen haben.«

»Ich könnte in diesem Augenblick leicht in den Fall kommen, Ihre Bitterkeit für Unhöflichkeit zu halten, die mir die Tür weist.«

»Wenn Sie vielleicht wissen, daß ein armes, unbedeutendes Mädchen auch Takt haben kann, so brauche ich Ihnen nicht erst zu sagen, daß eine solche Unhöflichkeit in diesem Augenblick nicht denkbar ist.«

Magdalene hatte während dieses Gespräches die linke Hand auf den Fenstersims gelegt. Sie stand halb abgewendet und bog nur den Kopf stolz nach dem Sprechenden zurück. An das, was er sagte, reihte sich ihre Antwort stets wie ein Blitz; nur ihr Auge und ein jäher Farbenwechsel auf den Wangen verrieten ihr rasches Denken, ihre innere Bewegung, sonst blieb das Gesicht völlig ruhig.

Die Seejungfer war indessen ängstlich hin und her getrippelt, dann und wann einen scheuen Blick auf die Sprechenden werfend. Magdalenes Haltung, ihre kurzen Antworten wollten ihr ganz und gar nicht gefallen. Wo in aller Welt nahm dies junge Ding den Mut her, dem Herrn, der so vornehm und in so feinem Rock vor ihr stand, so knapp und bündig auf alles, was er sagte, zu dienen? Die unglückliche alte Jungfer verstand von dem, was gesprochen wurde, nicht ein Wort. Es summte um ihre Ohren, bis das verhängnisvolle »die Tür weisen« ihr Licht über Lenchens unseliges Beginnen verschaffte. Sie verließ eiligst das wohltätige Dunkel hinter dem Kachelofen, das sie soeben aufgesucht, und sagte mit einem Anflug von Strenge, der aber sehr kläglich ausfiel: »Ja, Lenchen, was fällt denn dir ein, daß du so grob bist mit dem Herrn?«

»Beruhigt Euch, Jungfer Hartmann«, sagte Werner, gelassen lächelnd, während er das große, blaue Auge auf Magdalene richtete. »Ich bin so eine Art Schatzgräber und lasse mich nicht so leicht zurückschrecken, wenn es sich darum handelt, Gold zu finden.«

Du lieber Gott, der sprach ja noch verwirrter als das Lenchen!... »Ein Schatzgräber«, hatte er gesagt, einer, der's mit der Schwarzen Kunst hielt!... Arme Seejungfer! Ihr wirbelte der Kopf, und sie zog sich schleunigst in ihr Versteck zurück, denn ihre Prüfung war noch nicht am Ende.

»Wenn Sie Gold suchten, mein Herr«, nahm Magdalene das Wort, und ein ironischer Blick glitt über das enge Stübchen mit der verräucherten Decke und den getünchten Wänden, »so werden Sie sich nun wohl überzeugt haben, daß Ihre Wünschelrute den Ort schlecht angezeigt hat... Indes, die Sage wird Ihnen vielleicht nicht unbekannt sein, daß dies Kloster unterirdische Gänge hat, in denen die zwölf Apostel, massiv von Silber, versteckt liegen, bis ein glücklicher Finder sie ans Tageslicht bringt... Wenn ich Ihnen raten dürfte...«

»Ich danke Ihnen für den freundlichen Wink. Da ich jedoch bis jetzt nicht den mindesten Appetit nach diesen toten Schätzen hege, so werde ich mich an den Apostel halten, in dessen wundervoller Lehre mir ein neues Leben aufgeht, der zu allen Zeiten die Welt durchstreift und liebliche Botschaft bringt. Er entzündet plötzlich ein strahlendes Licht in den armen Menschenkindern, die bis dahin in Blindheit wandelten.«

Die Seejungfer dachte in ihrer dunklen Ecke, das sei geradezu gottlos gesprochen; denn die zwölf Apostel, die jeder Christenmensch schon in der Schule auswendig lernen müsse, seien längst im Himmelreich, und Zeichen und Wunder geschähen nicht mehr. Sie hütete sich indes wohlweislich, ihre Selbstbetrachtungen laut werden zu lassen, und begnügte sich in ihrer Aufregung, mittels des Schürzenzipfels die dicke Rostschicht von dem alten Kirchenschlüssel abzureiben – eine Restauration, die sie später bei ruhigem Nachdenken bitter bereute, denn sie kostete eine frische Schürze.

Magdalene sah den jungen Mann an, als er so mit tiefer, wohlklingender Stimme sprach. Auf seiner mehr breiten als hohen Stirn, die aber glatt und fest wie von Erz sich wölbte, lag eine merkwürdige Klarheit und Ruhe; das ganze übrige Gesicht trug dasselbe Gepräge, und nur ein leises Zucken der sehr beweglichen feinen Nasenflügel und ein leichtes Beben der festgeschlossenen Lippen ließen dann und wann einen erhöhten Wellenschlag in seinem Innern vermuten. Auch jetzt erschien jener eigentümliche Zug, begleitet von einem seltsamen Aufleuchten seiner Augen, und Magdalene, die durchaus, trotz allen Nachdenkens, den Sinn seiner Worte nicht zu erforschen vermochte, fand in dieser einen Bewegung den Schlüssel zu seinen Reden – es war Spott, abscheulicher Spott. Er sprach absichtlich in nebelhaften Bildern, auf die sie nichts erwidern konnte, um sie für ihre ersten, raschen Antworten büßen zu lassen. Ihr südliches Blut wallte auf.

Sie wandte sich hastig und unmutig ab und sagte, indem sie die kleine, naseweise Weinranke von draußen abriß: »Ihr Apostel scheint sehr parteiisch zu sein, was seine Gnadenbeweise betrifft. An unserem armen Kloster wenigstens ist er bis jetzt vorübergegangen, und doch täte gerade hier mancher belasteten Menschenseele ein wenig Sonnenschein recht not.«

Jetzt erschien in der Tat ein schelmisches Lächeln auf den Lippen des jungen Mannes.

»Wahrhaftig? Ist er bis jetzt vorübergegangen?« fragte er. »Nun, dann kann ich Ihnen wohl versichern, daß ich von ganzem Herzen wünsche, er möge so schnell wie möglich hier einkehren.«

Er bog sich bei diesen Worten nieder, um in ihr Gesicht zu sehen. Mit einer heftigen Bewegung fuhr sie in die Höhe, wobei eine ihrer langen Flechten sich löste und am Fensterkreuz hängenblieb.

»Sieh da, Ihr schönes Haar!« sagte Werner, indem er sie befreite. Magdalenes Gesicht aber war plötzlich mit einer flammenden Röte übergossen. Sie warf dem jungen Mann einen zornsprühenden Blick zu und war mit zwei Sprüngen zur Tür hinaus.

Werner sah ihr erstaunt nach. Die Seejungfer aber kam aus ihrem Winkel hervor und sagte schüchtern und verlegen, indem sie ihm den Kirchenschlüssel hinhielt: »Nehmen Sie's ja nur nicht übel, Herr Werner, daß das Lenchen so fortgelaufen ist. Aber so was wie von schönen Haaren, das darf man dem Mädchen nicht sagen... Sie weiß wohl, daß sie von Kindesbeinen an der arme, häßliche Tater gewesen ist, und aus einem Raben kann sein Lebtag keine Taube werden – das weiß sie auch... Die Nachbarsleute können die hellen Haare meiner seligen Schwester nicht vergessen – ich freilich auch nicht –, und da hat's das Lenchen gar manchmal anzuhören gekriegt, daß sie so aus der Art geschlagen ist. Sie kann ihre pechschwarzen Haare nicht ausstehen, und wenn ihr manchmal so ein Zopf vornüberfällt, da erschrickt sie ordentlich... Sie guckt das ganze Jahr in keinen Spiegel, und wir haben auch keinen im ganzen Hause. Je nun, warum denn auch? Setze ich am Sonntag meine Kirchenhaube schief auf, so rückt sie 's Lenchen wieder gerade.«

Werner lächelte und nahm schweigend den Schlüssel in Empfang. Die Seejungfer begleitete ihn an die Treppe und knickste, bis er drunten im dunklen Gang verschwunden war. Gleich darauf trat Magdalene wieder in die Stube. Ihr Gesicht glühte, und ihre Züge waren in heftiger Bewegung. Die Seejungfer sah sie ängstlich von der Seite an, wie sie sich schweigend ans Fenster setzte und ihre Arbeit wiederaufnehmen wollte; aber die sonst so feste Hand zitterte, und nach allen Seiten flogen Fingerhut, Schere und Arbeit vom Tisch herunter. Als sie sich danach bückte und etwas von »ungeschickt« und dergleichen murmelte, sagte die Muhme: »Laß jetzt gut sein, Lenchen; du bringst im Augenblick doch nichts zurecht... Wie kannst du nur aber auch gleich so wild werden!... Er hat dir ja doch eigentlich nichts getan.«

»Ausgespottet hat er mich!« rief jetzt das Mädchen mit ausbrechender Heftigkeit, und in ihren glühenden Augen funkelten Tränen. »Verhöhnt hat er mich!... oh, diese Herzlosen, da stehen sie auf ihren Geldsäcken und sehen vornehm und spöttisch auf die herab, die, wie sie wähnen, im Staube ihr elendes Dasein hinschleppen!... Weil ich mit diesen meinen Händen mir mühsam den Unterhalt gewinnen muß, darum bin ich schlechter als der, den das Glück in eine goldene Wiege legte, der seine feinen Finger bedachtsam ansieht und meint, sie seien nur da, um seinen hochgeborenen Körper zu vervollständigen... Weint und lacht das reiche, in Spitzen gewickelte Kind etwa anders als das im groben Kissen?... Und sieht das brechende Auge des reichen Sterbenden in einen anderen Himmel als das des Bettlers?... Ich kann bewundernd zur Geistesgröße aufblicken, kann mich demutsvoll vor der Tugend beugen, kann das Talent verehren – aber niemals werde ich dem Mammon huldigen, der seinen Fuß grob und schwerfällig allem und jedem auf den Nacken setzen will und da schonungslos und kalt hintritt, wo der wärmste und weichste Punkt im Herzen des Armen sitzt!... Und darum wehre ich mich auch bis zum letzten Atemzug, wenn solch ein Gewaltiger daherkommt und meint, mich beleidigen zu können.« Nach diesem leidenschaftlichen Ausbruch schwieg Magdalene einen Moment. Die Seejungfer, gewöhnt, alles, was das junge Mädchen in solcher Aufregung sprach, unverstanden an ihren Ohren vorüberbrausen zu lassen – es war aber auch für diese Ohren eigentlich nicht gesagt –, hatte ihre Arbeit wiederaufgenommen und benutzte nur diesen stillen Augenblick, indem sie sagte: »Ja, siehst du, Lenchen, so geht's, wenn man vornehmen Leuten allzu dreist antwortet. Hättest fein artig deinen Knicks machen sollen und weiter nichts – so war's zu meiner Zeit, und darum ist mir auch keiner zu nahe gekommen.«

»Muhme«, rief das junge Mädchen wie außer sich, »wenn Ihr mich ein wenig lieb habt, so sagt mir nicht solche Dinge! Bedenkt Ihr denn nicht, daß Ihr mich damit schwer kränkt?... Inwiefern habe ich den Mann herausgefordert?... Ich habe ihm geantwortet, wie ich antworten mußte!... Was hat er hier in unserer armen Wohnung zu suchen?... Ist noch je einer der Herren selbst gekommen, den Schlüssel von Euch zu holen?... Das ist so einer, der sich das Elend ansieht, um es nachher beschreiben zu können. Man muß nur in dies Gesicht blicken. So mag seine Tante, die alte Rätin Bauer, in ihrer Jugend ausgesehen haben – das sind Züge von Erz und Eis, an denen mag wohl die Glut und das Empfinden anderer Herzen ungefühlt und unverstanden zerstieben.«

»Es kann schon sein, wie du sagst; davon verstehe ich nichts«, meinte die Seejungfer, »aber ein schöner Herr ist er doch, und gegen den Jakob ist er auch gut«, fuhr sie fort. »Der Alte weiß vor Freude über sein neues Logis nicht aus noch ein, und ich habe ihm in die Hand hinein versprochen, daß ich heute abend, wenn es dunkel ist, mit dir hinkommen will – er hat keine Ruhe, bis wir alles gesehen haben.«

Magdalene antwortete nicht. Sie hatte das Heft mit Leberechts Gedichten leise in das große Buch gelegt, und als sie die Klammern schloß, da rollten ein paar heiße Tränen auf den alten Folianten herab – da drinnen lagen ja die ganzen Qualen eines gebrochenen Herzens eingesargt!

Werners Haus, in der hübschesten und breitesten Straße des Städtchens gelegen, war ehemals auch ein Kloster gewesen. Es hatte jedoch, nachdem es in Privatbesitz gelangt war, beträchtliche Veränderungen erfahren. Der ganze vordere, nach der Straße gerichtete Flügel wurde niedergerissen, an seiner Stelle erhob sich ein stattliches Wohnhaus mit Mauern, so massiv und dick, daß jede Nische der breiten Fenster ein kleines Kabinett vorstellen konnte. Die Fensterreihe im Erdgeschoß steckte hinter jenen dichten, bauchigen Eisengittern, die stets einen gewissen Respekt einflößen und erkennen lassen, daß es ihre Aufgabe sei, ansehnliche Kapitalien und Wertgegenstände zu beschützen, zugleich aber auch deren gesichertes Vorhandensein verraten zu dürfen. Einige Hintergebäude, welche den weiten Hofraum umschlossen, waren jedoch ihrer Festigkeit und des späteren Datums ihrer Erbauung wegen stehengeblieben, ebenso die hohe, ungemein starke Mauer des Klostergartens, an der noch hier und da kolossale, von uralten Linden umrauschte Steinbilder verschiedener Heiliger unangetastet standen.

Die Nacht brach heute früh herein. Ober der Stadt hing ein dunkler Himmel voll schwerer Gewitterwolken. Kein Lüftchen regte sich, wohl aber quollen ganze Ströme von Blütenduft aus den Hausgärten in die stillen, schwülen Straßen.

Es hatte eben neun geschlagen, als die Seejungfer in Magdalenes Begleitung vor Werners Hause erschien, um Jakob den verheißenen Besuch abzustatten. Der große Chorflügel war leicht angelehnt, aus der schmalen Spalte aber drang ein so heller Lichtstrom, daß die Seejungfer sich nicht entschließen konnte, diesen lichten Streifen eigenmächtig zu erweitern und ihre schüchterne Gestalt in der vornehmen Atmosphäre da drinnen beleuchten zu lassen. Allein Magdalene schob ruhig den Flügel zurück und folgte der schnell hineinhuschenden Muhme durch den großen, gewölbten Hausflur nach der Hoftür. Ein gegenüberliegendes, erleuchtetes Bogenfenster im Erdgeschoß zeigte ihnen den Weg nach Jakobs Wohnung. Die Gardinen waren nicht zugezogen und ließen den Einblick in die kleine, traute Häuslichkeit völlig frei. Der Alte stand vor der altväterischen Wanduhr und zog sie mit großer Sorgfalt auf, seine Frau saß still bei der kleinen blanken Lampe am weißgescheuerten Tisch und strickte. Neben ihr vor dem Sorgenstuhl mit der hohen, gepolsterten Lehne lag das aufgeschlagene Gesangbuch, aus welchem Jakob vermutlich das Abendgebet vorgelesen hatte.

Die Gäste wurden freudig, aber auch mit Vorwürfen begrüßt, weil sie gar so spät kamen, und Jakob meinte, er kenne seinen Nachtraben, das Lenchen, schon; das könne den Sonnenschein nicht vertragen und gehe nur bei Nacht um, wie ein Geist; worauf ihm Magdalene erwiderte, daß sich die Muhme doch noch mehr vor dem Lampenschein fürchte, weil sie durchaus nicht in den heller-leuchteten Hausflur gewollt habe.

»Ja, heute ist's aber doch ganz erschrecklich hell da drüben, es ist großer Tee bei der Frau Rätin«, sagte Jakob, und um seine Lippen spielte ein leichter Humor, der sein Gesicht oft so charakteristisch machte. »Die Frau Rätin haben drei Tage lang Brezeln und Torten gebacken, Kapaunen gebraten, gescheuert und Teppiche ausklopfen lassen, von denen kein Stäubchen kam, weil sie beinahe alle Tage durchgeprügelt werden...«

»Jedes will seine Freude haben«, sagte Jakobs Frau neckend, »und wenn die da droben das Fegen und das Wasser liebt, so bist du kein Feind vom Bier – laß gut sein!«

Mit diesen Worten stellte sie einen kleinen Steinkrug voll schäumenden Biers auf den Tisch und gab ihrem Mann dabei einen leichten Schlag auf die Schulter; sie standen nämlich sehr gut zusammen, die zwei alten Leute. Dann holte sie von einer altersschwarzen Eck-konsole – Kannröckchen genannt – drei schön bemalte Tassen, eine blanke Zuckerdose von Zinn und einen Teller voll Semmeln, lauter Vortruppen eines gemütlichen Kaffees, der denn auch bald dampfend auf dem Tische stand.

Magdalene hatte sich während dieser Vorrichtungen, bei denen Jakobs Frau nicht unterließ, sehr lebhaft zu erzählen und der Seejungfer Fragen vorzulegen, wie ermüdet auf ein niedriges Bänkchen nicht weit von des Alten Lehnstuhl gesetzt und starrte, das Kinn auf die Hand gestützt, unverwandt hinauf nach der gegenüberliegen-den, glänzend erleuchteten Fensterreihe, deren Flügel der Schwüle wegen weit offenstanden.

Was sieht das junge Mädchen?... Die weißen Vorhänge blähen sich im Nachtwind, der feucht und leise vorüberstreicht; denkt sie an die gewaltige Flut, die an dem heimatlichen Strand rauscht? Fern, fern zieht ein Boot, und die weißen Segel schwellen im Win-de... oder taucht aus der Masse prächtiger Schlingpflanzen in der

Fensternische das Vaterhaus im Süden mit seinen sonnenbeschienenen Mauern und der niedrigen Tür, aus welcher die goldlockige Mutter mit den hellen, frommen Augen tritt?... Droben auf einer hellen Wand, von dem blendenden Licht des Kristallkronleuchters überströmt, hängt das lebensgroße Ölbild eines Knaben, ein schönes, stolzes Kind mit leuchtenden Augen und einer wunderbar klaren Stirn unter der blonden Lockenfülle... und die blauen Augen leuchten mit so bezwingender Gewalt, daß Heimat und Vaterhaus in weite Ferne zurückfliehen, das sagen die träumerischen schwarzen Augen drunten im ärmlichen Stübchen.

Einzelne Passagen auf dem Klavier drangen jetzt von drüben herüber, und in eines der Fenster trat eine Gestalt, es war die blonde Antonie, die Enkelin der alten Rätin. Sie war ganz in Weiß gekleidet. Ihre entblößten, blendendweißen und sehr schön geformten Schultern umschloß ein wahrer Duft von Tüll und Spitzen, und auf dem weißblonden Scheitel lag ein Kranz von zarten Rosen. Sie sah sehr hübsch und elegant aus.

Kaum hatte sie sich in die Fensternische zurückgezogen, als Werner zu ihr trat. Das Licht des Kronleuchters fiel auch blendend auf seine Züge, wie auf das Bild des Knaben; die Ähnlichkeit zwischen beiden war wunderbar, allein aus dem schmächtigen Kinde war ein hoher Mann mit fast königlicher Haltung geworden... Er faßte die Hand des jungen Mädchens zwischen seine Hände, als ob er sie beschwöre. Sie schien seinen Bitten widerstehen zu wollen, aber zuletzt, als er ihren Arm in den seinen legte, ging sie mit ihm und lachte hinter dem vorgehaltenen Fächer, als er seinen Kopf vertraulich herabbog und ihr etwas zuflüsterte.

Magdalene hatte diese kleine Szene mit angesehen, ohne sich zu regen, aber sie biß die Zähne zusammen wie im heftigen Schmerz, und mit sprühenden Augen verfolgte sie die junge Dame, die, jetzt ein Notenblatt in den Händen, zum Klavier trat. Gleich darauf erscholl eine ziemlich harte, spitze Stimme, die ein schönes, inniges Lied ohne alles Verständnis vortrug.

»Sie singt schlecht«, murmelte Magdalene. »Ihre Stimme ist dünn und farblos wie ihr Haar.«

Als der Gesang schwieg, rauschte ein wahrer Beifallssturm durch den stillen Hof. Jakob aber bog sich zu Magdalene hinüber und legte seine Hand liebkosend auf ihren glänzenden Scheitel.

»Gelt, Lenchen«, sagte er, »da machen's unsere Glocken doch ganz anders. Wenn die anfangen, da weiß man gleich, weshalb sie den Mund auftun, aus dem Gepimpel da droben aber kann kein Mensch klug werden... Weiß nicht, was die Leute davon haben, wenn ihnen so ein Messer durch die Ohren fährt.«

Da kam er jedoch schlecht an bei seiner Frau und der Seejungfer. Sie hatten den Gesang sehr schön gefunden und konnten sich nicht satt sehen an der jungen Dame droben, wie sie beim Singen das bekränzte Haupt hin und her bog und die Augen zum Himmel aufschlug; ja sie behaupteten sogar, sie sähe aus wie ein leibhaftiger Engel, als sie gleich darauf in die Fensternische trat, wo die hohe Gestalt Werners während des Gesanges regungslos gelehnt hatte. Und als sie nun vertraulich ihre Hand auf seinen Arm legte und ihm mit einer graziösen, schelmischen Bewegung ein riesiges Bukett an das Gesicht hielt, damit er den Blumenduft einatme, da meinten die zwei Alten, der müsse doch kein Herz im Leibe haben, der sich nicht auf der Stelle in sie verliebe.

»Ach, laßt mich in Ruhe«, sagte Jakob, und das ironische Lächeln erschien in seinem Gesicht. »Ihr seid auch gerührt, wenn die Spittelweiber in der Kirche neben euch zetern, daß einem das Hören und Sehen vergeht... Und wenn ein so junges Ding wie die da in einer weißen Fahne steckt, da sind alle himmlischen Heerscharen Bettelvolk dagegen!... Das Mädel da droben ist nicht um ein Haar besser als die Alte auch, sage ich euch. Keine weiß sich zu lassen vor Hochmut... und wenn die Kleine jetzt so schön tut und heuchelt und schmeichelt, so weiß sie auch, warum. Sie ist arm wie eine Kirchenmaus, und es wäre gar nicht bitter, sich hier in die Wolle zu setzen und eine reiche Frau zu werden... Aber Herr Werner ist nicht auf den Kopf gefallen, der sieht durch zehn Wände, wo die Leutchen hinauswollen.«

Er nahm bedächtig eine Prise Schnupftabak, die er während der ganzen Demonstration zwischen den Fingern gehalten hatte, dann fuhr er fort: »Ihr braucht euch überhaupt nicht einzubilden, daß mein junger Herr eine aus hiesiger Stadt freit, das weiß ich besser...

Da hab' ich heute gegen Abend noch ein wenig gefegt in seiner Stube, wo er malt – nun, wie nennt er's doch gleich?«

»Atelier«, sagte Magdalene, ohne den Kopf nach ihm umzuwenden.

»Ja, richtig... und da lag auf dem Tisch ein großes Bild, es war nur gezeichnet, wie du's nennst, Lenchen, nicht bunt gemalt. Ich konnte das Gesicht nicht erkennen, weil ich nicht so nahe hingehen mochte; aber so viel hab' ich doch gesehen, daß es eine Frauensperson war, die ein weißes Tüchelchen auf dem Kopfe hatte, wie deine sel'ge Mutter in Welschland eines getragen hat, Lenchen. Da kam gerade Herr Werner herein... Er lachte, wie er meinen langen Hals sah. Nachher deckte er aber geschwind ein Tuch auf das Bild und sagte zu mir: ›Höre, Jakob, das brauchst du gerade noch nicht anzusehen; aber ich will dir etwas verraten, die da auf dem Papier wird einmal meine Frau‹... Er ist ja sechs Jahre in Welschland gewesen, und dort soll's gar erstaunlich schöne Weibsbilder geben.«

Mit höchster Aufmerksamkeit, aber regungslos hatte Magdalene dem Alten zugehört. Sie legte den Kopf an die Wand, die Hände ruhten zusammengefaltet auf den Knien, und die langen Wimpern lagen tief gesenkt auf den bleichen Wangen, als ob sie schliefe.

Unterdes wurde droben tapfer weiter musiziert. Antonie ließ sich noch einige Male erbitten, sie sang sogar eine kolorierte italienische Arie, deren Ausführung den alten Jakob zu dem Vergleich veranlaßte, es sei gerade, als ob jemand die Treppe herabfiele und Hals und Bein bräche... Der junge Werner war schon längst vom Fenster zurückgetreten und schien auch das Zimmer verlassen zu haben, denn man sah ihn nicht mehr.

Eben, als vier Hände in einem Konzert das Klavier nicht gerade meisterhaft bearbeiteten, wurde an Jakobs Fenster geklopft, und als der Alte es öffnete, reichte Werners Bedienter ein Körbchen voll prächtiger Orangen nebst einem Gruß seines Herrn herein. Der Bursch fügte ausdrücklich hinzu, er habe schon früher herübergesollt, allein, erst sei er beim Präsentieren des Tees beschäftigt gewesen, und eben noch habe er Wein herumreichen müssen.

Jakob hielt mit einem strahlenden Gesicht Magdalene das Körbchen hin. »Siehst du, Lenchen«, sagte er, »das macht mir große

Freude deinetwegen... Weißt du noch, daß du dich einmal beinahe krank nach einem solchen gelben Ding gesehnt hast?«

»Ja«, sagte das Mädchen und hob die Augen zu ihm empor; sie schwammen in Tränen. »Ich weiß es noch, guter Jakob. Du machtest mich wieder gesund, indem du für teures Geld eine Orange kauftest und mir auf den Turm brachtest. Damals war es mir, als hätte ich einen Blick in meine Heimat getan, ich war glückselig... Jetzt aber könntest du mir Schätze hinlegen, ich möchte um alles in der Welt keine dieser Früchte berühren.«

Jakob sah sie erstaunt an, aber die Seejungfer, die bei all ihrer harmlosen Anschauung die Weigerung des Mädchens nach der stattgehabten heutigen Szene doch erklärlich fand, zupfte ihn bedeutungsvoll an der Jacke, wobei sie ihm zublinzelte. Er schwieg denn auch, holte sein Taschenmesser hervor und zerlegte eine Orange für die beiden alten Frauen.

Drüben im Hause war es stiller geworden. Die Musik war verstummt; auch das Stimmengesurr hatte nachgelassen. Statt dessen grollte ganz fern der Donner, der Nachtwind blies heftiger durch die offenen Fenster, jagte die Vorhänge wie weiße Schwäne hinaus in die pechdunkle Nacht und warf einige Türen ins Schloß.

Der Seejungfer wurde bange. Sie trieb zum Aufbruch, und bald eilten die zwei Frauen, die Köpfe in große Tücher gehüllt, über den Hof.

In der offenen Glastür, welche die Treppe von dem Hausflur abschloß, stand Antonie, die Enkelin der Rätin. Sie hatte eben die scheidenden, in Kapuzen und Mäntel gehüllten Freundinnen der Reihe nach geküßt und wandte sich lachend zum Fliehen, weil einige derselben sie mit dem »bezaubernden Vetter« neckten, als sie die Seejungfer und Magdalene gewahrte, die sich eben erschrocken wieder zurückziehen wollten. Das junge Mädchen zog die weißblonden Augenbrauen in die Höhe, sah noch einmal blinzelnd hinüber, wobei ein überaus hochmütiger Zug um Mundwinkel und Nasenflügel erschien, und winkte dann einem mit der Laterne auf seine Herrschaft wartenden Bedienten, der sofort in barscher Weise frug, was die beiden hier zu suchen hätten.

Als sie schwiegen, drehte sich das blonde Mädchen mit einer systematisch nachlässigen Bewegung nach der Treppe um und rief mit dem Ton eines verzogenen vornehmen Kindes hinauf: »Großmama, es sind fremde Leute im Hausflur!«

Die alte Rätin, die mit einem sehr dicken Herrn langsam im Gespräch herabkam, beeilte möglichst ihre Schritte, und als sie nun unten stand, zornig das falsche Toupet unter der großen Haube schüttelnd, da versammelten sich die in Kapuzen gehüllten jungen Freundinnen schleunigst um sie, wie die Lämmer um den getreuen Hirten, in den frommen, schuldlosen Zügen einen nicht zu bezweifelnden Abscheu, verbunden mit dem Ausdruck unendlicher Wißbegierde. Selbst der Bediente gesellte sich zu der Herde und hielt, trotz des Lampenlichtes, das von der Decke herabfloß, seine Laterne über die Köpfe der Delinquentinnen, um sie gleich von vornherein der Möglichkeit zu berauben, ihre verbrecherischen Absichten in ein wohltätiges Dunkel zu hüllen.

Die alte Dame faßte ohne weiteres das schwarze Tuch, das die Seejungfer über ihren Kopf gebunden hatte, und zog es herunter.

»Das ist ja die Seejungfer«, sagte sie mit harter, blecherner Stimme. »Und wer ist denn diese Mamsell da?« fuhr sie fort, indem sie ihren dünnen Zeigefinger nach Magdalene ausstreckte. »Die mummt sich ja ein, als wäre sie das böse Gewissen selbst... Auf der Stelle sagt, was ihr hier gewollt habt.«

Magdalene schwieg abermals, und die Seejungfer brachte vor Schrecken kein Wort heraus.

»Nun, könnt ihr nicht antworten?« fragte streng der dicke Herr, ohne Zweifel ein allmächtiger Beamter, dem die Justiz aus Stirn, Augen, Nase, ja womöglich aus den Rocktaschen guckte. Er hatte mit der Frage zugleich seinen Stock derb auf das Steinpflaster gestampft und schien die unglückliche Seejungfer mit seinen Blicken durchbohren zu wollen. Diese Manöver brachten denn auch endlich Suschens erstarrte Zunge in den erwünschten Fluß, und stammelnd erklärte sie, daß sie bei Jakob gewesen seien.

»Ach, liebster Egon«, rief in diesem Augenblick sich umdrehend die alte Rätin mit möglichst weicher und milder Stimme, als am oberen Treppengeländer der junge Werner erschien, »hier hast du den schlagendsten Beweis, daß meine wohlgemeinten Vorstellungen begründet gewesen sind. Mit diesem Jakob hast du dir – mich will ich gar nicht nennen – eine wahre Rute aufgebunden. Unter dem Vorwand, ihn zu besuchen, schleicht sich bei Nacht und Nebel allerlei Volk ins Haus, und man wird künftig genötigt sein, über jeden silbernen Löffel die Hand zu halten.«

Bei dieser abscheulichen Schlußwendung trat Magdalene rasch gegen die Sprechende vor. Das Tuch war vom Kopf gegen die Schultern gesunken, und so stand sie mit sprühenden Augen, das ideale Haupt hoch gehoben, vor der alten Frau, welche sie erschrocken und verblüfft ansah. Zugleich war Werner die Treppe herabgesprungen. Eine flammende Röte bedeckte sein Gesicht, und als er zu sprechen anfing, bebte seine Stimme wie im heftigen Zorn.

»Was fällt Ihnen ein, Tante«, rief er, »diese Leute ohne weiteres so zu beleidigen?... Ist es ein Verbrechen, wenn sie Bekannte besuchen?... Ich habe Ihnen bereits einigemal erklärt, verehrteste Frau Tante«, fuhr er fort, und sein Ton klang spöttisch, »daß ich durchaus nicht leide, wenn Sie mir den Jakob anfechten, und sehe mich in diesem Augenblick genötigt, diese Erklärung insofern zu vervollständigen, als ich auch diejenigen unangefochten sehen will, mit denen er verkehrt.«

Mit diesen Worten schritt er nach der Haustür, öffnete sie und sagte mit einer leichten Verbeugung den zwei Frauen gute Nacht, die eiligst hinausschlüpften.

Bald nachher entlud sich ein heftiges Gewitter über der Stadt; und wenn die gelben Blitze um das alte Kloster zischten und die kleine Kammer Magdalenes tageshell durchflammten, da beleuchteten sie das Mädchen, wie sie bleich, die Hände tief eingewühlt in das aufgelöste, reiche Haar, auf dem Bett saß – einem größeren inneren Sturm preisgegeben, als der war, der draußen an den alten Mauern rüttelte.

Ach du lieber Gott, Jakob, ist das ein Schicksal mit dem Lenchen!«
seufzte die Seejungfer einige Tage nach jenem Vorfall, indem sie
Jakobs Stübchen betrat.

»Ja, was ist denn mit dem Mädchen?« fragte Jakob erschrocken.

»Hättet Ihr denn geglaubt, daß mir das Mädchen das noch in
meinen alten Tagen antun würde?« entgegnete Suschen, und heiße
Tränen liefen über ihre Wangen. »Ich bin ein armes, geplagtes Weib
mein Lebtag gewesen«, fuhr sie fort, »aber ich habe alles geduldig
auf meinen Rücken genommen, so wie mir's unser Herrgott be-
schert hat, aber jetzt wird mir's zuviel... Das ist doch das Schlimms-
te, was ich nun noch erleben soll, das Lenchen will fort, will durchaus fort in die weite Welt, und ich soll nun wieder allein sein. Bin
nun meine sechzig Jahre alt, muß jeden Tag auf mein selig Ende
gefaßt sein, und habe keine Menschenseele, die mir die Augen zu-
drückt... Ach, ach!«

»Ja, wie kommt denn das Mädchen mit einemmal auf den Gedanken?« fragte Jakob erstaunt.

»Ich weiß nicht«, entgegnete die Seejungfer, indem sie ihre Augen
mit dem Schürzenzipfel trocknete, »aber sie ist gerade wie ausge-
wechselt seit dem Abend, wo die alte Rätin da drüben – na, die
Strafe wird da auch nicht ausbleiben – so grob mit uns war. Das
Mädchen ißt und trinkt nicht mehr, und gestern abend, als wir still
beieinandersaßen und noch kein Licht angesteckt hatten, da legte
sie ihren Arm um meinen Hals, wie sie als Kind immer getan hat,
wenn ich ihr was gab oder sie ins Bett brachte... ›Liebe, gute Muhme‹, sagte sie, ›Ihr habt mich lieb, gelt?... Ich weiß es ja, so lieb, als
ob ich Euer eigen Kind wäre... Eine gute, echte Mutter bringt ihrem
Kinde jedes Opfer und fragt nicht, ob es schwer oder leicht ist –
gerade so habt Ihr ja auch immer an mir gehandelt... Und wenn nun
so eine Mutter weiß, daß ihr Kind rechte Schmerzen leidet, und
einsieht, daß es nur wieder gesund werden kann, wenn sie sich von
ihm trennt, so tut sie das auch, gelt, Muhme?‹ Ach, Jakob«, unterbrach sich die Seejungfer, und neue Tränen stürzten hervor, »ich
wußte zwar eigentlich noch nicht, wo sie hinauswollte, aber so viel
merkte ich doch, daß sie nicht mehr bei mir bleiben will, und da
weinte ich bitterlich... Sie sagte mir nun, daß sie's hier nicht mehr
aushalten könne – die Menschen seien nicht gut gegen sie; sie wolle

in einer fremden Stadt einen Dienst suchen. Gelernt hätte sie ja ihre Sache und verspreche mir heilig, daß sie mir jeden Groschen, den sie verdiene, schicken wolle... All mein Zureden war in den Wind gesprochen, und als ich Licht gemacht hatte, da holte sie ihr Sparbüchschen aus dem Schranke und zählte das Geld – es waren sechs Taler – wie sauer hat sie die verdient! Sie meinte, damit käme sie freilich nicht weit, doch bis in eine andere größere Stadt reiche es vielleicht... Ach, Jakob, ich bitte Euch um Gottes willen«, wandte sich die Seejungfer an den Alten, »redet dem Mädchen die Sache aus... Ich schlafe keine Nacht mehr ruhig, wenn ich das Lenchen unter fremden Leuten weiß... Sie ist ja so absonderlich; es wird niemand die Geduld mit ihr haben wie ich, und sie wird schlecht behandelt.«

Jakobs Frau, eine sehr praktische Natur, beleuchtete die Sache von einer anderen Seite und meinte, das könne vielleicht dem Lenchen ein Glück sein. Die Seejungfer habe ja auch nicht das ewige Leben, und dann müsse das Mädchen doch hinaus. Davon aber wollten weder Suschen noch Jakob etwas hören, und letzterer versprach der geängstigten alten Jungfer, heute abend noch ins Kloster zu kommen und Lenchen den Kopf zurechtzusetzen, wie er sich ausdrückte.

Die Seejungfer hatte nicht übertrieben, wenn sie Magdalene gänzlich umgewandelt nannte... Wo war die Elastizität ihrer Bewegungen geblieben? Jene sichere, stolze Haltung des Kopfes, die an ihr stets auffallen mußte und die im Verein mit den ausdrucksvollen Gesichtszügen und dem eigentümlich bewußten Blick auf eine große geistige Kraft schließen ließ... Das Aussehen des jungen Mädchens schien selbst den Klosterbewohnern aufzufallen; denn heute, als sie der Muhme den Waschkorb bis an das äußere Tor getragen hatte und nun über den Hof langsam zurückkehrte, da schob der Nachbar, ein fleißiger Leinweber, sein Fenster auf und rief: »Na, Lenchen, du bist wohl so traurig, weil die ungezogenen Kinder das alte Muttergottesbild aus dem Kreuzgang drüben, deine Marie, vor der du so oft sinnend gesessen hast, von dem Postamente heruntergeworfen haben?«

Magdalene sah auf, als erwache sie aus einem Traume; er aber sagte: »Nun ja, wenn du's noch nicht weißt, da gehe einmal hinein – ich hab's heute morgen gesehen.«

Auf des Leinwebers Mitteilung hin öffnete Magdalene die Tür und sah auch schon von weitem das Marienbild vor dem Postament liegen. Vor einigen Wochen noch, als einer der Knaben hinaufgeklettert war und im Begriff stand, das hölzerne Gesicht mit schwarzen Augenbrauen und einem ebensolchen Bart zu versehen, hatte sie dem kindlichen Vandalen eine so leidenschaftliche Strafpredigt gehalten und ihn mit so zornigen Augen dabei angesehen, daß er erschrocken davongelaufen war. Heute aber hob sie still und geduldig das geschändete Bild auf, wischte die Erde aus dem Gesicht und lehnte es sorgfältig in die Ecke neben das Postament. Dann schritt sie langsam durch den großen offenen Bogen hinaus auf den Rasenplatz, der, von Kirche und Kloster rings eingeschlossen, einsam und sonnenbeschienen dalag... Wie oft war sie flink über diesen Grasfleck weggehuscht, um gewandt auf einigen Mauervorsprüngen nach dem offenen Kirchenfenster zu klettern, in welchem sie verschwand. Dann war sie allein in der schaurig stillen Kirche; nichts störte sie als der Schall ihrer eigenen Schritte oder das Gezwitscher eines Vogels, der sich draußen auf dem Holunderbusch niederließ, neugierig den Kopf in die düsteren, kühlen Hallen steckte und dann erschrocken davonflog, um sich aufs neue im Sonnenglanz zu baden. Hier unter diesen gewaltigen Säulen atmete sie auf, und ihrer im engen Stübchen mattgedrückten Seele wuchsen die Schwingen... Ihre Phantasie beschwor die Zeiten herauf, wo noch der Weihrauch durch diesen Raum flutete, wo die Hora klang und prächtige Meßornate am Hochaltar schimmerten. Sie sah bleiche Nonnengesichter an der zertrümmerten Orgel sitzen und mit bebenden, blassen Händen die vergilbten Tasten berühren... Wie oft mochten diese Töne den Schmerz eines heißen, gewaltsam unterdrückten Herzens ausgehaucht haben... Sie beobachtete die Sonnenstrahlen, wie sie durch die Reste der bunten Glasmalerei im hohen Fensterbogen glitten, die Farbenpracht zitternd auf die schlanken Säulen warfen und sie hinauftrugen in die kunstvollen Schnörkel und Rosetten der Knäufe, die wohl seit dem letzten Meißelschlag des längst in Staub und Asche zerfallenen Meisters keine Menschenhand wieder berührt hatte. Stundenlang konnte sie neben jenem alten Madonnenbild sitzen und sich in die Heimat träumen, wo sie Tausende in heißer Inbrunst vor einem solchen Bilde hatte knien sehen, wo ihr Vater nie vorübergegangen war, ohne ehrfurchtsvoll das Haupt zu entblößen und gläubig das Zeichen des Kreuzes zu machen... An alle diese Dinge aber schien Magdalene in diesem Augenblick nicht zu denken. Es war, als bebe sie fröstelnd vor den dunklen Kirchenmauern zurück und als fühle sie zum erstenmal die totenähnliche Stille des verlassenen Tempels, der im glühenden Sonnengold dalag wie ein riesiger Leichnam unter Purpur und goldenen Decken. Sie hatte sich, den Rücken nach der Kirche gewendet, unter einen alten Apfelbaum gesetzt, auf dessen verwittertem Stamm sich nur noch ein einziger, aber breiter und voller Ast wiegte. Lang aufgeschossene Gräser, an denen grüngoldene Käfer geschäftig auf und ab liefen, bogen ihre befiederten, blühenden Spitzen an ihre Knie, und eine zahlreiche Familie großer Kamillen duftete zu ihren Füßen.

... Und wenn sie nun Muhme, Kloster und Stadt verließ; wenn sie hinausging in die weite Welt, über dem Haupt mit den quälenden Gedanken einen anderen Himmel; wohin sie blickte, fremde Gesichter, auf denen nichts Wohlbekanntes stand; ihr ungestümes Herz inmitten einer Menschenflut, die achtlos vorüberbrauste, nichts von ihr nahm und nichts zurückgab – ja, das gerade wollte sie, allein sein, nichts mehr hören vom Vergangenen, keinem liebevoll und ängstlich fragenden Blick begegnen... vergessen, vergessen! Darin lag die Heilung eines plötzlich aufgerüttelten Herzens, das im Riesensturm ungeahnter, neuer Empfindungen ihr ganzes Inneres aus den Fugen zu reißen drohte... Wohl fielen die Tränen der alten, treuen Muhme schwer in die Waagschale und rissen an tausend zarten Fäden ihrer Seele; aber wie klein war dieser Schmerz gegen die Qual, die sie sich durch ihr Bleiben auferlegte, unter der sie erliegen mußte, wenn sie nicht floh!... Wie furchtbar hatte sie in den letzten Wochen gelitten! Sie meinte, sich selbst verachten zu müssen, weil sie da nicht hassen konnte, wo sie sollte und mußte... Wie geschäftig war ihr Herz gewesen, einen strahlenden Nimbus um sein Bild zu zaubern, als er neulich sie und die Muhme gegen seine Tante beschützte! Tags darauf begegnete sie ihm im Klosterhof, als er den Kirchenschlüssel bei der Muhme holen wollte. Sein eisiges Gesicht, die vornehme Ruhe seiner Haltung und die wenigen, gleichgültigen Worte, die er an sie richtete, zeigten ihr abermals, wie töricht es sei, in diesem kalten Herzen reges Mitgefühl vorauszusetzen. Er hatte einfach seine Rechte als Hausherr der anmaßenden Tante gegenüber vertreten wollen, und deshalb war es ihm jedenfalls sehr gleichgültig, wer die Veranlassung zu dieser Zurechtweisung gewesen.

Ein Vogel, der lange auf einem Zweig über ihr auf und ab spaziert war, flog schnell davon. Sie beachtete es nicht; als sie aber den feinen Duft einer Zigarre plötzlich einatmete, da fuhr sie erschrocken in die Höhe und blickte um sich. Eine Männergestalt, den Rücken nach ihr gekehrt, saß nicht weit von ihr auf einem großen, bemoosten Steine und zeichnete. Diese Männergestalt war Werner. Er schien in seine Arbeit so vertieft, daß Magdalene, welcher das Herz vor Schrecken heftig klopfte, hoffen konnte, er habe sie gar nicht gesehen, und sie könne unbemerkt entschlüpfen.

Leise erhob sie sich und glitt wie ein Schatten unter dem überhängenden Ast weg, das Auge voll Angst auf den emsig Zeichnenden geheftet.

Aber kaum hatte sie sich von ihm einige Schritt weit entfernt, als Werner ohne aufzublicken hinüberrief: »Verzeihen Sie, daß ich in Ihr Reich eingedrungen bin!«

Darauf wendete er sich um nach ihr und lüftete den Strohhut, der leicht auf seinem dunkelblonden Haar saß.

Augenblicklich verwandelten sich Magdalenes Gesicht und Haltung. Die scheue Angst verschwand und machte einem finsteren Trotz Platz.

»Mein Reich?« wiederholte sie bitter, indem sie stehenblieb. »Nicht eine Fußstapfe Weges hier möchte ich so nennen, ohne mit der wohllöblichen Stadtbehörde in Konflikt zu geraten.«

»Nun, auch ich will sie nicht in ihrem Besitz verkürzen«, entgegnete Werner, indem er gleichmütig mit dem Gummi eine nichtgeratene Linie wegwischte. »Ich kann jedoch nicht glauben, daß sie auch Beschlag legt auf die mystische Luft, die um die alte Kirche weht, und in diesem Reich, meine ich, begegnen wir uns. Ich kann nicht einen Augenblick auf diesem Stein sitzen und das dunkle Gemäuer gegenüber ansehen, ohne daß nicht auch sogleich geheimnisvolle

Gestalten auftauchen, welche jene Bogen, Nischen und Pfeiler bevölkern... In der Fensterhöhle dort, die auch nicht eine einzige Glasscheibe mehr aufzuweisen hat, sehe ich zum Beispiel stets eine Mädchengestalt aus und ein schlüpfen, so oft ich auch hinüberblicke... Vielleicht der Schatten einer unglücklichen jungen Nonne, welche das schöne Leben gänzlich nicht verstanden hatte und nun ruhelos das verschmähte Glück sucht – was meinen Sie dazu?«

Magdalene fühlte, wie ihr das Blut in die Wangen schoß. Ohne Zweifel hatte Werner sie auf ihrem Weg in die Kirche beobachtet. Sie war entrüstet über diese Indiskretion, sagte aber ziemlich ruhig: »Ich habe hier ganz und gar keine Meinung. Die Spukgestalten des Klosters haben mich bis jetzt nicht für würdig gehalten, sie sehen zu dürfen. Auf alle Fälle möchte ich jedoch jener vermeintlichen Nonne raten, sich künftig auf ihre enge Behausung zu beschränken, denn es mag selbst einem Schatten nicht gleichgültig sein, wenn ein fremder Blick in sein Walten und Wesen eindringt.«

Ein feines Lächeln, das jedoch ebenso schnell wieder verschwand, erschien im Gesicht des jungen Mannes. Er blickte aufmerksam nach dem Kirchenfenster, warf in zarten Linien die schöne reine Spitzbogenform auf das Papier und sagte gelassen: »Gewiß nicht, vorzüglich wenn dieser Schatten, von bitterer Weltanschauung erfüllt, in jedem harmlosen Begegnenden eine feindliche Gestalt sieht, die ohne weiteres mit Feuer und Schwert bekämpft werden muß... Weh mir, wenn jene Himmelsbraut so denkt! Ich komme dann vielleicht in den traurigen Fall, bei der nächsten Begegnung als unschuldiges Opfer einer Rache zu fallen, welche die Erdbewohner des sechzehnten Jahrhunderts heraufbeschworen haben.«

»Wie leicht mag es sein, über trübe Lebenserfahrungen zu spotten, wenn man im Schoße des Glückes sitzt!«

»Ohne Zweifel sehr leicht, nicht ganz recht zwar und vielleicht auch ein wenig leichtsinnig... aber ich weiß nicht, ob ich diesen gefährlichen Übermut nicht weit weniger verdammungswürdig finden soll als zum Beispiel das Gebaren einer jungen Seele, die nach trüben Erlebnissen und Enttäuschungen alle Fühlfäden einzieht und sich der greulich verderbten Welt nur bis an die Zähne bewaffnet zeigt... Ah, ich sehe deutlich an Ihrem Gesicht, daß Sie nicht meiner Meinung sind!«

Er legte den Bleistift hin, stützte den Ellbogen auf das Zeichenbrett, welches auf seinen Knien lag, und maß das junge Mädchen mit einem sarkastischen Lächeln. »Gut denn«, fuhr er fort, »Sie sind ein Anwalt jener Seele aus dem einfachen Grunde, weil Sie ebenso handeln würden oder vielleicht schon so gehandelt haben. Aber ich sehe nicht ein, was Sie berechtigt, der gesamten Menschheit so ohne weiteres den Fehdehandschuh hinzuwerfen... Sie stehen hier auf einem eng begrenzten Fleckchen Erde. Dort drüben hören die Klostermauern auf, dann sind da draußen einige wenige Straßen mit wenigen, wenigen Menschen, weiter kommt etwas Feld und Wald mit der einsamen Spitze eines Dorfkirchturms oder dem langen Arme eines Wegweisers, und dann ziehen die Berge eine enge Linie, über die das Auge nicht hinaus kann; ich wette, weiter kam auch Ihr Fuß und Blick nicht, als bis zu diesem Horizont!...«

»Und deshalb ist es eine unverzeihliche Anmaßung von mir, ein Urteil über Welt und Menschen zu haben«, unterbrach ihn Magdalene, indem sie auf seinen spöttischen Ton einzugehen suchte, wobei jedoch ihre Stimme merklich zitterte. »Es gibt aber noch andere Wege«, fuhr sie fort, »die über engen Horizont und beschränkte Verhältnisse hinausführen, und ich nehme mir deshalb die Freiheit, zu denken, daß die moralischen Gebrechen der Menschheit überall dieselben sind – wie sich ja der Mond mit seinen Flecken im kleinsten Gewässer genau so abspiegelt wie im unermeßlichen Weltmeer... Übrigens«, fuhr sie nach einer Pause fort, indem sie tief Atem schöpfte, »muß ich Sie ersuchen, nicht zu früh zu wetten; denn ich habe diese Berge schon einmal überschritten und weiß seit jenem Moment genau, was jene ersten, unseligen Menschenkinder empfinden mußten, als das Paradies hinter ihnen geschlossen wurde – ich vertauschte damals meine südliche Heimat mit dem Norden.«

»Ach, Sie waren ja damals noch ein kleines Kind!«

»Aber kein Kind, das gedankenlos auf dem heimischen Boden umherhüpft, das, infolge der Gewohnheit des täglichen Anschauens, keinen Begriff für Schönheit oder Häßlichkeit seiner Umgebung hat!« entgegnete Magdalene heftig. »Oh, ich wußte, daß meine Heimat schön war!... Der Schaum des Meeres netzte meine Füße, und über mir rauschte der Lorbeer... Und das Sonnenlicht, wie flammt es dort! Wie glüht der Mond, wenn er feierlich heraufschwebt! Das ist Licht und Glut, das ist Leben!... Ihr nennt die blasse Luft da oben ›den Himmel‹... Wenn sonntags die Kirchenglocken verstummt sind, dann verlaßt ihr euer Haus und wandelt bedächtigen Schrittes vor die Tore, erzählt euch, was euer Nachbar alles nicht hätte tun sollen, und sagt dann und wann: ›Ei, wie schön blau ist heute der Himmel!‹... Ach, daheim, da lag ich stundenlang vor der Tür, unter den Bäumen! Ich hörte das Brausen des Meeres, wie es sich gegen den Strand bäumte; auf den Zweigen über mir zitterte es golden – sie bewegten sich leise, und das tiefe, prächtige Blau flutete herein – das ist Himmel! – der Himmel, den ich mir voll schöner Engel denke!... Man schleppte mich hierher, wo die Sonne mich kalt ansieht wie die Augen der Menschen; wo der Schnee lautlos niederfällt und tückisch die letzten Blumen erstickt. Ich wurde unter einen Haufen roher wilder Kinder gesteckt. Das Kind, das bis dahin nur die weiche Hand einer zärtlichen Mutter berührt, das ein treues Vaterauge ängstlich und unausgesetzt bewacht hatte, weil es das einzige ihm gebliebene war, es wurde von der ausgelassenen Kinderschar verfolgt und mißhandelt, weil es arm, fremd und – häßlich war und weil es nicht sein wollte wie sie, die um einen elenden Apfel rauften und die sich gegenseitig die Fehler und Mängel ihrer Eltern vorwarfen... Ich lernte den Unterschied zwischen reich und arm bitter erkennen. Der goldene Glaube, daß das Brot vom Himmel falle, zerstiebte an der sorgenvollen Stirn der alten, guten Muhme, die mühsam um den täglichen Unterhalt rang und die von den Nachbarn geschmäht wurde, weil sie mich, die Last, sich aufgebürdet hatte... Ach, wie oft empörte sich mein heißes Kinderherz! Wenn ich allein war, warf ich mich auf den Boden, weinte und schrie und rief nach meiner toten Mutter...«

Magdalene war, während sie sprach, wieder unter den Baum getreten. Das heiße Auge auf die Kirche gerichtet, sprach sie, als habe sie ihres Zuhörers vergessen und als quelle wider ihren Willen ein Gedankenstrom, bis dahin mühsam gebändigt, an das Licht, nicht achtend, an welche Ufer er rausche. Bei den letzten Worten schlang sie ihre Arme heftig um den Baumstamm und drückte die Stirn an die harte Rinde.

Werner hatte bewegungslos zugehört. Er mochte fürchten, durch einen tieferen Atemzug oder einen Blick die weiche Stimme zu verscheuchen, die ihm hier, in Luft und Schmerz halb gebrochen, die Tiefen einer Mädchenseele enthüllte. Als Magdalene schwieg, sagte er langsam und ohne sich nach ihr umzuwenden: »Und fiel kein einziger Liebesstrahl in Ihr Kindesleben?«

»Die Muhme hat mich mütterlich und zärtlich gepflegt – ihr Herz ist voll Liebe gegen mich«, sagte Magdalene rasch und bewegt, »aber sie mußte für Brot sorgen, und es blieb ihr keine Zeit zu beobachten, was in meinem Innern vorging. Auch hatte sie gewissermaßen eine Scheu vor meinem stürmischen Wesen, was mich später bewog, ihr gegenüber so ruhig wie möglich zu sein, um ihr keinen Kummer zu machen... Dann saß in der Schule neben mir ein schönes, kleines Mädchen mit einer sanften Stimme, die ich unbeschreiblich liebte; das Kind war barmherzig gegen mich; es spielte mit mir und nahm mich sogar einmal mit in sein elterliches Haus. Seitdem aber wurde es scheu und wich mir aus, und als ich einstmals sehnsüchtig auf der Steintreppe vor dem Hause saß, da kam ein Dienstmädchen heraus und hieß mich rauh meiner Wege gehen – die Frau Sekretärin leide es nicht, daß ihr Töchterchen mit hergelaufenen Kindern spiele... Oft, wenn ich aus der Schule nach Hause ging, begegnete ich einem Knaben, der ernst und stolz den Kopf in den Nacken warf und der doch so mild aussehen konnte mit seinen blauen Augen. Seine Locken waren so golden wie die meiner Mutter, und deshalb mußte ich ihm immer nachsehen, solange ich konnte. Ich betrachtete ihn mit ehrfurchtsvoller Scheu und meinte, in den schön gebundenen Büchern, die er unter dem Arme trug, müßten Wunderdinge stehen. Er war viel älter als ich und der Sohn vornehmer Eltern; das kümmerte mich nicht –, er sah ja aus wie meine Mutter, und deshalb mußte er gut und edel sein und ein Herz voll Mitleiden haben... Als mich aber einst eine Horde wilder Knaben mit Steinwürfen verfolgte und mich mit höhnendem Geschrei umringte, ging er vorüber. Er führte ein kleines Mädchen mit lichten Augen und farblosen Haaren sorgsam an der Hand; sie war ihm verwandt und hieß Antonie, sie zeigte geringschätzend auf mich, das berührte mich nicht, aber von ihm dachte ich, er wird dich schützen und die bösen Kinder verjagen... Oh, wie weh tat es, als er von fern stehenblieb, Abscheu in den Zügen und das kleine Mädchen an sich drückend, als könne mein Anblick ihr schaden... Wahrlich, er war schlechter noch als meine Verfolger; denn es hätte nur eines Wortes aus seinem Munde bedurft, um mich vor der Verwundung zu schützen, deren Narbe ich noch am Arme trage... Es war, als drehe sich in jenem Augenblicke mein Herz um, und es ward voll Haß gegen den Knaben!«

Magdalene war einen Schritt näher getreten. Sie hatte immer lauter und heftiger gesprochen, und ihre Augen, die sie jetzt fest auf den jungen Mann richtete, flammten, als käme erst in diesem Augenblick jenes Gefühl zum Durchbruch.

Werner blickte auf. Er sah bleicher aus als vorher, nahm aber gelassen den Bleistift auf und schnitt ihn zurecht, indem er fragte: »Und – hassen Sie ihn noch?«

»Oh, mehr als je!« stieß Magdalene leidenschaftlich heraus. »Ich mag ihm nie mehr begegnen!... Einen Gifttropfen, der zerstört, segnet man nicht!«

Mit diesen Worten wandte sie sich um und eilte durch den Kreuzgang hinauf in die Stube, die sie hinter sich verriegelte. Hier stand sie eine Weile atemlos und mit starren Augen am offenen Fenster und wiederholte sich, was eigentlich geschehen war. Sie hatte sich hinreißen lassen, vor einem Manne, den sie selbst herzlos und hochmütig nannte, die Wunden ihrer Seele zu enthüllen, sie, die bis dahin zu stolz gewesen war, vor fremden Ohren je eine Klage laut werden zu lassen. Sie hatte ein Erlebnis erzählt, das, wenn auch in ihr Kindesleben fallend, doch von großem Einfluß auf ihr innerstes Sein gewesen war und das in jüngster Zeit wieder die heftigsten Kämpfe in ihr hervorgerufen hatte... Nie hatte selbst die Muhme erfahren, wie dem armen Kinde der ganze Sonnenglanz seiner Seele, die kindliche Schwärmerei für ein aus der Ferne abgöttisch verehrtes Wesen grausam entrissen wurde. Nie aber hatte Magdalene sich selbst eingestehen mögen, daß das heranwachsende Mädchen später jenen Vorfall in der Erinnerung zu verwischen suchte und gern das Ideal ihrer Kindheit mit dem stolzen, lockenumwallten Gesicht in ihren Träumen heraufbeschwor. Sie sträubte sich ja noch in diesem Augenblick leidenschaftlich gegen das Bewußtsein, daß kein Gedanke sie beseele, der nicht ihm gehöre, keine Regung in ihrer Brust auftauche, die nicht von ihm spreche, ja, daß sie mit jeder Faser ihres Lebens an ihn gekettet sei, der auf der eisigen Stirn ihr nur Hohn und Spott entgegenhielt... Und nun war vieles über ihre Lippen geschlüpft, das aus dem tiefinnersten Geheimnis hervorging, und zwar vor ihm, der es nie und nimmer hätte wissen sollen. Mußte nicht die Treue, mit der sie jene Episode der Kinderzeit festgehalten, die leidenschaftliche Aufregung, in die sie bei ihrer Erzählung geriet, ihm notwendig zeigen, in welchem Maße ihre Seele von ihm erfüllt war?... Es war ihren Blicken nicht entgangen, trotz der strengen Beherrschung seiner Züge, daß Werner in der Schilderung des Knaben sich erkannt hatte – einen Moment war dies ruhige kalte Gesicht bleich geworden, ohne Zweifel im Zorn darüber, daß ein Mädchen den Mut haben konnte, ihm, dem verwöhnten, vornehmen Mann, gegenüber ungescheut zu sagen, sie hasse ihn... Das war ein Triumph für sie gewesen, eine glänzende Sühne für die Qualen, die jene hochmütigen Augen, jenes spöttische Lächeln ihrem Herzen so oft zugefügt hatten. Ja, sie hatte sich und ihren Mädchenstolz einen Augenblick vergessen; aber sie hatte auch gesiegt...

Und doch weinte sie jetzt über diesen Sieg heiße Tränen; ja, es war ihr, als klaffe unter ihm ein Grab, in das sie das liebste Eigentum ihrer Seele mutwillig selbst gestoßen habe.

Aus dem Gewirr von widersprechenden Gedanken, welches in ihrem Kopf auf und ab wogte, trat nur einer klar ausgeprägt vor ihre Seele, und sie griff nach ihm als dem einzigen Rettungsanker – sie mußte nun unausbleiblich fort, weit fort. Es half zu nichts, wenn sie in eine andere nahe gelegene Stadt ging – sie durfte keine deutsche Luft mehr atmen, keinen deutschen Himmel mehr über sich sehen, das Meer mußte zwischen ihm und ihr liegen – sie wollte fort, weit, weit fort.

Als gäbe dieser Gedanke ihr neue Flügel, lasse sie aber auch jetzt schon nirgends mehr rasten, eilte sie aus der Stube und betrat mechanisch wieder den Kreuzgang. Beim ersten Blick überzeugte sie sich, daß Werner den Garten verlassen hatte. Sie lief rastlos auf und ab, ihr Denken angestrengt auf den einen Punkt gerichtet, wie sie sich Reisemittel verschaffe, bis sie sich todmüde auf das Postament setzte, das jahrhundertelang die Statue der Jungfrau Maria getragen hatte. Sie schloß die Augen und schmiegte sich an das Gemäuer, das eine erfrischende Kühle über ihre brennenden Glieder hauchte. Tiefe Stille herrschte in dem kleinen Winkel, die kein Lüftchen zu stören wagte; nicht einmal die Ranken des Ginsters bewegten sich, die, droben um die Säulenknäufe gewickelt, ihre Enden mutwillig und frei in der Luft hängen liegen... Nur dann und wann, sobald das junge Mädchen aufzuckte und hastig seine Stellung änderte, ließ sich ein leises Knirschen in der Wand hören, wobei das Postament jedesmal leicht erzitterte. Zu tief in sich selbst versenkt, hatte Magdalene anfänglich dies seltsame Geräusch nicht weiter beachtet; einmal aber stieß sie heftiger an eine hervorragende Stelle in dem untern Mauerwerk und wurde in dem Augenblick unter einem widrigen Gekreisch, das aus dem Gemäuer zu kommen schien, samt dem Postament stark gerüttelt. Das kam ihr grauenhaft vor. Sie sprang auf und floh einige Schritt in den Garten hinaus. Bald aber kam sie zurück. Schien doch die Sonne so lebenswarm und goldig herein; eben flogen die Schwalben, deren Nester an den umgrünten Säulen des Ganges hingen, unbeirrt und fröhlich zwitschernd aus und ein, und über die Gartenmauer klang helles Kindergelächter... Sie schämte sich ihres Grauens und fing an, die Sache ernsthaft zu untersuchen.

Über dem Postament, neben einem weit hervortretenden Stein befand sich eine Art Knauf, rund und massiv, wie man sie noch hier und da an sehr alten Türschlössern findet. Er war bisher unbemerkt geblieben, weil ihn die Statue vollkommen verdeckt hatte. An diesen Knauf hatte Magdalene mit dem Arm gestoßen... Unwillkürlich fiel ihr die Sage von den zwölf silbernen Aposteln ein, die, einst im Besitz des Klosters, noch in einem unterirdischen Gang desselben liegen sollten. Der Volksmund hatte freilich auch hier nicht verfehlt, schwarze Kettenhunde mit tellergroßen, glühenden Augen bewachend vor den Aus- und Eingang zu plazieren und letzteren verschwinden zu lassen, sobald ihn das ungeweihte Auge eines Sterblichen berühre... Wenn nun hier die Lösung dieses Geheimnisses vor ihr lag? Wenn ihr vielleicht vorbehalten war, jenen Schatz zu heben, von dessen Wert und Größe die Sage Unglaubliches fabelte?... Welche Genugtuung für sie, wenn sie dann diesen geldstolzen Stadtbewohnern, und vor allem ihm, diese Silbermassen verschmähend vor die Füße werfen konnte, nichts für sich behaltend als die Mittel, die es ihr möglich machten, die Stadt verlassen zu können!... Aber das war ja alles so märchenhaft lächerlich! Nur eine aufgeregte Phantasie konnte mitten in die Wirklichkeit solche Luftschlösser zaubern. Trotz dieses Raisonnements des Verstandes faßte Magdalene den Knauf. Nach mehreren vergeblichen Versuchen, ihn umzudrehen, stieß sie ihn endlich mit Gewalt in die Mauer zurück, und siehe da – mehrere Quadersteine, die ohnehin aussahen, als wollten sie jeden Augenblick aus dem Gemäuer herausfallen, schoben sich unter lautem Geräusch, und eine mächtige Staubwolke aufwirbelnd, langsam vorwärts. Ein breiter Spalt erschien in der Mauer, und nun sah Magdalene, daß die Quadern keineswegs so dick im Durchmesser waren, als von außen schien; sie waren vielmehr dünn gespalten und geschickt auf einer eichenen Tür befestigt, die sich jetzt ohne Mühe weiter öffnen ließ. Unmittelbar zu Magdalenes Füßen führten acht bis zehn ausgetretene Stufen in die Tiefe. Drunten aber dämmerte es grüngolden, wie wenn die Sonne durch dichtes Laubwerk dringt. Es sah ganz und gar nicht unheimlich aus, und deshalb stieg Magdalene auch rasch entschlossen die Treppe hinab. Unten angelangt, sah sie einen schmalen, ziemlich niedrigen Gang vor sich, der links, dicht an der Decke, schmale, aber lange Öffnungen hatte, durch welche frische Luft und ein gedämpftes Licht einströmten. Der Gang lief ohne Zweifel parallel mit der Klostermauer droben, die im Verein mit der lebendigen Wand von dichtem Buschwerk dem Auge die Luftlöcher von außen entzog. Der Boden des Ganges war mit einem feinen Sande bedeckt, und auf den Wänden saß der Mörtel noch so fest in dem Steingefüge, als seien erst Jahre und nicht Jahrhunderte an ihm vorübergestrichen.

Magdalene schritt weiter. Der Gang senkte sich ziemlich steil abwärts, und plötzlich tat sich zur Rechten des Mädchens ein zweiter Gang auf, der sie in tiefster Finsternis angähnte. Sie eilte erschrocken vorüber, immer den grün schimmernden Leitsternen folgend, die so tröstlich in den Hauptgang hereinglänzten. Eine Strecke lang jedoch hörten auch diese auf. Eine starke Erschütterung über ihr ließ sie vermuten, daß sie sich unter einer belebten Straße voll Wagengerassel und Menschenverkehr, wahrscheinlich unter dem Marktplatz, befinde. Der Gang bildete hier eine scharfe Ecke nach rechts, und beim Umbiegen glänzten ihr droben die Lichter wieder entgegen.

Magdalene war nun ziemlich lange geschritten, allein nirgends, weder an den Wänden noch am Boden war eine Spur der Klosterschätze zu entdecken. Ihr Fuß watete in dem weichen mehlartigen Sande, ohne einen anderen Gegenstand zu berühren, und in den Luftlöchern droben zeigte sich manchmal der schillernde Schuppenleib einer vorüberhüpfenden Eidechse – das war alles!

Noch einige Schritte, und sie stand vor einer Tür, die genauso aussah wie die am Eingang. Magdalene blieb zögernd stehen. Ohne Zweifel löste sich hier das Rätsel, aber wie?... Wenn nun dieser unbekannte Raum da vor ihr Miasmen aushauchte, die sie augenblicklich betäubten und ihren Tod unvermeidlich herbeiführen mußten?... Hier unten wollte sie nicht sterben – der Gedanke war entsetzlich – sie trat einen Schritt zurück... Aber nun flog alles, was sie heute schon gelitten, wieder durch ihre Seele. Noch vor einer Stunde schien ihr kein Preis zu hoch, ihre Seelenruhe wiederzuerlangen, und war, selbst wenn sie hier unten sterben sollte, dieser Gedanke schrecklicher als das Bewußtsein, daß sie nun ein vielleicht langes Leben, so freudenleer und sonnenlos, mit müdegehetztem Herzen an einem verhaßten Orte hinschleppen müsse?... Ihre Pulse klopften hastig. Es war, als ob Stürme ihr Haupt umbrausten und mit schwarzen Flügeln über ihre Augen wehten... Sie faßte den Knauf an der Tür und stieß ihn zurück – ein lauter Krach, begleitet von Rasseln, betäubte ihr Ohr – ein Strahl, als ob die Sonne ihre ganze Lichtgewalt hier ausströmen wolle, blendete ihre Augen – sie wankte einen Schritt vorwärts und verbarg ihr Gesicht in beiden Händen, während abermals ein donnerähnliches Gepolter hinter ihr ertönte und den Boden unter ihren Fügen erschütterte.

Endlich schlug sie die Augen auf... Wo war sie?... Vor ihr lag ein reizendes Blumenparterre; über ihr wölbte sich eine Gruppe prächtiger Linden; sie selbst stand auf einem reinlichen Kiesplatz, und das leise Rauschen einer Fontäne schlug an ihr Ohr, deren silberner Strahl nicht weit von ihr durch das Gebüsch schimmerte.

Im ersten Augenblick erschien dem jungen Mädchen, das aus dem schwachen Dämmerlicht eines engen Schachtes trat, die ganze Umgebung blendend und feenhaft. Kein Wunder, wenn ihrer reichen Phantasie die überraschenden Lösungen der Märchenwelt vorschwebten. Aber nach einem einzigen forschenden Blick sanken die hochgehobenen Flügel der Einbildungskraft und machten einem heftigen Schrecken Platz... Himmel, sie stand auf fremdem Grund und Boden, in dem Garten irgendeines vornehmen Hausbesitzers!... Unter einem lustigen Pavillon, jenseits des Blumenparterres, saß eine reizende Gruppe junger Mädchen. Sie plauderten, nachlässig in den Sessel zurückgelehnt und eine Arbeit in den Händen haltend, während mehrere andere einen Rosenstrauch in der Nähe plünderten und unter lautem Lachen die prächtigen Centifolien in ihre Flechten steckten. Sie flatterten in ihren leichten, weißen Gewändern wie Tauben durch die Gebüsche, und Magdalene blieb, trotz ihres tiefen Schreckens, einen Augenblick wie angefesselt vor dem wunderlieblichen Bilde stehen. Dann aber wollte sie in den Gang zurückfliehen. Sie wandte sich um – da war jedoch keine Tür, keine Maueröffnung zu sehen, wohl aber starrte sie aus einem grünbemoosten, mächtig wallenden Barte das ernste Steingesicht eines großen Heiligenbildes an.

Mit bebenden Händen tastete sie an der Mauer nach einem Knauf oder irgendeinem Mittel, die verschwundene Pforte wieder aufzufinden. Sie durchwühlte die Brennesseln am Fuße der Statue, befühlte jede Steinfalte des priesterlichen Gewandes und rüttelte zuletzt verzweiflungsvoll an dem Bilde, das wie zürnend seine starren Augen auf sie gerichtet hielt – vergebens, hier war ihr der Rückzug abgeschnitten, und vorwärts konnte sie nicht gehen, ohne den Hausbewohnern zu begegnen... Sie mußte an den Auftritt in Werners Hause denken. Ihre ärmliche Kleidung, die nicht einmal durch ein schützendes Tuch bedeckt war, konnte ihr auch heute ähnliche Demütigungen zuziehen. Sie sah ein, daß man anfänglich ihrer Erzählung keinen Glauben schenken würde, weil sie ja so unglaublich klingen mußte, und bis sie imstande war, die Wahrheit zu beweisen, wie viele Anfechtungen hatte ihr stolzes Gemüt bis dahin zu erdulden!

Noch einmal blickte sie hinüber nach den jungen Mädchen; sie sahen so harmlos und lieblich aus, sie waren jung wie sie, vielleicht, wenn sie mutig auf sie zuging und ihr Abenteuer erzählte, glaubten sie ihr und nahmen sie bis zur einbrechenden Dunkelheit auf oder gaben ihr eine Hülle, um über die Straße gehen zu können.

Schnell betrat sie den Kiesweg, der drüben vor dem Pavillon mündete, aber kaum hatte sie das erste Blumenbeet erreicht, als sie heftig erschrocken stehenblieb. Aus einem großen, eisernen Gittertor, gerade ihr gegenüber, trat im schwarzen Seidenkleide, einen mächtigen Schlüsselbund über der sorgsam vorgebundenen weißen Schürze, die Rätin Bauer, gefolgt von ihrer Enkelin, die gleich der hinter ihr gehenden Magd eine Platte voll Tassen und Kuchenkörbe trug. Es blieb Magdalene kein Zweifel, der unterirdische Gang war ein Verbindungsweg zwischen zwei Klöstern gewesen, sie befand sich in Werners Garten.

Das Herz stand ihr fast still vor Angst, aber da kam ihr plötzlich ein trostreicher Gedanke. In diesem Hause wohnte ja auch ihr alter, guter Jakob; wenn es ihr gelang, seine Stube zu erreichen, dann war sie geborgen. Die Fenster des hohen Wohnhauses blinkten durch die Reste einiger Kastanienbäume über ein niedriges Dach, jedenfalls das Hintergebäude, zu ihr herüber. Sie wußte nun die Richtung, die sie einzuschlagen hatte, und bog in einen schmalen Seitenweg ein, der durch ein Boskett führte.

Nach wenigen Schritten stand sie vor einem kleinen Gebäude, das sich an die Rückwand des Hinterhauses lehnte und oben große Glasfenster hatte. Halb zugezogene seidene Gardinen verbargen das Innere, zu welchem mehrere an beiden Seiten mit Topfgewächsen besetzte Stufen führten. Vielleicht stand dies Zimmer in Verbindung mit dem Hintergebäude oder führte wenigstens in den Hofraum. Magdalene trat schnell hinein; es war niemand darin, aber es hatte auch, wie es schien, keinen zweiten Ausgang.

An der Wand hin, die keine Glasscheiben hatte, liefen Bänke mit dunkelroten Polstern. In der Mitte stand eine verhüllte Staffelei, und auf den Tischen lagen im bunten Durcheinander Zeichnungen und Bücher. Das war ohne Zweifel Werners Atelier. Einen Augenblick blieb sie wie angezaubert stehen und blickte in den Raum, den die zugezogenen Gardinen in eine grüne Dämmerung hüllten... Hier schaffte und waltete er, und hier auch, hatte der alte Jakob gesagt, war das Bild des italienischen Mädchens, das Werner als seine zukünftige Frau bezeichnet hatte... Wenn sie einen Zipfel der Hülle über der Staffelei hob, dann konnte sie vielleicht die Züge derjenigen sehen, der es gelungen war, jenes stolze Herz zu besiegen... Nein, und wenn es Engelszüge waren, sie hätte sich nicht überwinden können, das Tuch zu lüften.

Ein Geräusch hinter Magdalene ließ sie erbeben, sie wandte sich um. Auf der untersten Stufe stand eine alte Magd, Staubtuch und Besen in den Händen, starr vor Erstaunen, während ihre Blicke wie Spinnen über die Gestalt des jungen Mädchens liefen.

»Na, da seh mir einer an!« rief sie endlich. »Das nenn' ich doch frech, am hellen lichten Tage sich in die Häuser zu schleichen. Wenn man betteln will, da ist da vorn ein Hausflur, da bleibt man hübsch stehen und wartet, bis die Leute kommen, aber man läuft nicht so mir nichts, dir nichts in den Garten hinein, das ist ja schlimmer wie bei den Zigeunern... Na, warte, das will ich doch gleich der Frau Rätin sagen.«

»Ich bitte Sie um Gottes willen, liebe Frau!« bat Magdalene in Todesangst.

»Ach was, ich bin keine Frau!« entgegnete die Alte grämlich. »Wenn Sie mir etwa schmeicheln will, da ist Sie an die Rechte gekommen, sag' ich Ihr!... Ihre Strafe muß Sie haben«, fuhr sie fort, indem sie den Kehrbesen auf die Erde stampfte. »Wenn doch nur lieber gleich der junge Herr da wäre!«

»Was willst du denn von mir, Katharine?« fragte Werners Stimme in dem Augenblick. Er bog um die Ecke und sah ebenso erstaunt ins Zimmer wie vorher die alte Magd.

Magdalene stand bewegungslos und verbarg ihr Gesicht in beiden Händen. Werner sprang die Stufen hinauf.

»Sie wollten zu Jakob und haben sich verirrt, nicht wahr?« fragte er hastig.

Magdalene schwieg.

»Ach was, zum alten Jakob geht man nicht durch den Garten, Herr Werner!« sagte die Alte ärgerlich. »Das lustige Jüngferchen da wird schon wissen, warum es sich verirrt hat.«

»Ich habe dich nicht um deine Meinung gefragt, Katharine!« sagte Werner streng. »Gehe jetzt vor in das Haus und sage niemand, daß du diese junge Dame hier getroffen hast; ich werde selbst mit meiner Tante darüber sprechen.«

Die Magd entfernte sich stillschweigend.

»Jetzt«, wandte sich Werner an Magdalene, »sagen Sie mir, was Sie hierher zu mir führt.«

Um keinen Preis hätte das junge Mädchen in diesem Augenblick erzählen mögen, wie sie hierhergekommen. Sie dachte an die Beweggründe, die sie veranlaßt hatten, in die Tiefe hinabzusteigen. Sie fühlte überhaupt, daß sie nicht andauernd ihm gegenüber sprechen könne, ohne in die heftigste Aufregung zu geraten; hatte sie doch Mühe, den Kopf aufrecht zu erhalten und ihre Züge zu beherrschen. Sie sagte deshalb kurz: »Ich habe nicht zu Ihnen gewollt und glaube auch nicht, daß ich genötigt bin, mich Ihnen gegenüber meines Hierseins wegen zu verteidigen. Die Versicherung wird Ihnen genügen, daß mich in der Tat ein Irrtum hierhergeführt hat.«

»Wenn ich mich nun aber mit dieser Versicherung durchaus nicht zufriedengestellt erkläre?«

»So steht Ihnen frei, zu denken, was Sie wollen.«

»Ah, immer kampfgerüstet, selbst in der peinlichsten Lage!«

»Wenn Sie meine Lage peinlich finden, so versteht es sich von selbst, das Sie mich so rasch wie möglich aus derselben befreien. Es wird Ihnen ein leichtes sein, mir einen Weg zu zeigen, auf dem ich mich unbemerkt entfernen kann.«

»Sie wollen den Damen da draußen nicht begegnen?«

Magdalene schüttelte heftig mit dem Kopfe.

»Dann tut es mir leid, Ihnen nicht helfen zu können. Sie sehen, dies Zimmer hat nur diesen einen Ausgang. Sie müssen schlechterdings durch den Garten, wenn Sie in den Hofraum wollen, und sehen Sie dort hinüber« – er schob einen Vorhang ein wenig zurück –, »dort promenieren die Damen eben vor der Gartentür!«

»Nun, dann seien Sie wenigstens so rücksichtsvoll, mich hier allein zu lassen, bis die Damen sich aus dem Garten entfernt haben.«

»Auch das kann ich nicht. Das Schloß an dieser Tür ist seit heute morgen defekt, sie kann deshalb nicht verschlossen werden. Ließe ich Sie hier allein, dann wären Sie nicht sicher vor ähnlichen Anfechtungen, wie Sie sie eben durch die alte Katharine zu erleiden hatten... Es läßt sich durchaus nicht ändern, ich muß hierbleiben zu Ihrem Schutz.«

»Nun, da will ich lieber draußen zehnfach Unrecht leiden, als auch nur einen Augenblick länger hierbleiben!« rief Magdalene außer sich und eilte nach der Tür.

In demselben, Augenblicke wurde draußen Werners Name gerufen. »Was gibt es?« rief er aufgeregt und öffnete ein Fenster.

»Es fängt an zu regnen«, antwortete Antonie. »Wir möchten aber nicht hinauf in die schwülen Zimmer und bitten dich recht sehr, uns zu erlauben, daß wir ein wenig in deinem Atelier bleiben dürfen.«

»Bedaure unendlich, aber dieser Raum hat einen Marmorfußboden. Ich wäre untröstlich, wenn sich die Damen den Schnupfen holten, und muß deshalb meine Einwilligung verweigern.«

»Auch mir, liebster Egon?« fragte Antonie in den schmelzendsten Tönen.

»Auch dir, verehrteste Antonie.«

»Aber das ist wirklich sehr unliebenswürdig, Herr Werner«, rief eine andere Mädchenstimme, »wir hätten so gern das Bild der schönen Italienerin gesehen, von dem uns Antonie erzählt hat!«

»Ah, ich entdecke in diesem Augenblick ein reizendes Spioniertalent an meinem Mühmchen!... Nun ja, ich will's nur gestehen, ich habe eine engelschöne Italienerin hier; aber ich spüre nicht die mindeste Lust, sie irgend jemand zu zeigen, aus dem einfachen Grunde, weil ich sie für mich ganz allein behalten will!«

»Pfui, wie ungalant!« riefen alle zugleich und huschten schnell vorüber, denn es fielen schon große Tropfen. Gleich darauf wurde die Gartentür zugeschlagen.

Jetzt drehte sich Werner rasch um und zog Magdalene, die eben hinauseilen wollte, in das Zimmer zurück. Es war eine merkwürdige Veränderung plötzlich mit ihm vorgegangen. Wo war die Marmorglätte seiner Züge, die kalte Ruhe seiner Augen geblieben?... Die Hand des jungen Mädchens festhaltend, sagte er mit bebender Stimme: »Sie dürfen dies Zimmer nicht verlassen, bevor Sie mir eine Bitte erfüllt haben.«

Magdalene sah erstaunt und erschreckt auf. Aber er fuhr fort: »Vor einigen Stunden haben Sie mir erklärt, daß Sie mich hassen... Jetzt bitte ich Sie, mir hier diese wenigen Worte zu wiederholen.«

Magdalene entzog ihm heftig die Hand und stammelte kaum hörbar: »Wozu das?«

»Das will ich Ihnen nachher erklären – wiederholen Sie!«

Das junge Mädchen lief in heftigster Bewegung tiefer in das Zimmer hinein. Sie kehrte Werner den Rücken zu und rang in stummer Angst die Hände. Plötzlich drehte sie sich um, drückte die verschränkten Hände vor die Augen und rief mit erstickter Stimme: »Ich – kann es nicht!«

Da fühlte sie sich stürmisch von zwei Armen umschlungen.

»Du kannst es nicht, und warum nicht?... Weil du mich liebst, Magdalene! Ja, du liebst mich!« rief Werner jubelnd und löste ihr die Hände vom Gesicht. »Laß mich deine Augen sehen!... Ist das ein Gefühl, dessen du dich zu schämen hättest?... Sieh mich an, wie glücklich und stolz ich bin, indem ich dir sage: Ich liebe dich, Magdalene!«

»Das ist unmöglich!... Jene Eiseskälte, die mich zur Verzweiflung brachte...«

»War genauso gemeint wie deine Schroffheit, die mich jedoch durchaus nicht verzweifeln ließ«, unterbrach sie Werner lächelnd. »Kind, mit deiner Verstellungskunst war es nicht weit her. Was deine Lippen mit herben, bitteren Worten gegen mich sündigten, das sühnten deine Augen... Ich habe dich geliebt seit jenem Augenblick, wo ich dich auf dem Turme sah. Die Erzählungen des alten Jakob, die ich herauslockte, ohne daß er es merkte, enthüllten mir deine ganze innere Welt und ließen mich erkennen, daß es mir beschieden sei, einen kostbaren Schatz zu heben, an welchem Hunderte vorübergegangen waren, ohne ihn zu bemerken... Aber ich wußte auch, daß der Vogelsteller, der dies seltene Vöglein einfangen wollte, auf seiner Hut sein müsse, denn es war scheu und blickte mit mißtrauischen Augen in die Welt. Deshalb hatte ich den Panzer einer kalten Ruhe angelegt und vermied jede heftige Bewegung, sowohl in dem, was ich sagte, wie in meinen Zügen... Ich habe dich unzähligemal beobachtet, während du keine Ahnung von meiner Nähe hattest. In der alten stillen Kirche, im Klostergarten, in Jakobs Stube, wo du meine Orangen verschmähtest, und auf dem Mauergärtchen, wenn du den Nachbarskindern Blumen hinabwarfst... Willst du mein Weib sein, Magdalene?«

Sie richtete sich hoch, mit strahlenden Augen, in seinen Armen auf und hielt ihm, ohne ein Wort zu reden, beide Hände hin. Und so war der Bund zwischen zwei Menschen geschlossen, von denen noch vor wenigen Augenblicken jeder fremde Beobachter geglaubt haben würde, daß sie sich abstießen wie Eis und Feuer.

Magdalene verbarg dem Geliebten nun nicht länger, wie tief sie in der letzten Zeit gelitten, und erzählte ihm ihr unterirdisches Abenteuer, wobei sie auch nicht einen Gedanken verschwieg, der ihr da drunten durch die Seele geflutet war.

»Also den sagenhaften zwölf Aposteln habe ich's zu danken, daß ich schneller an mein glückliches Ziel kam, als ich zu hoffen wagte!« rief Werner lachend. »Weißt du auch noch, was ich dir bei unserem ersten, so stürmisch endenden Gespräch wünschte?«

»Gewiß – jener Apostel...«

»Ist die Liebe.«

»Aber die schöne Italienerin, von der Jakob sagte...«

»Daß ich sie heiraten würde?« unterbrach sie Werner lächelnd. »Nun, ich will sie dir zeigen, diese kleine Neapolitanerin mit den abstoßenden Zügen und dem häßlichen Haar, das trotzdem ein unzerreißbares Netz um mein Herz geschlungen hat.«

Er streifte die Leinwand von der Staffelei. Da saß eine liebliche Mädchengestalt auf der Brüstung eines Turmfensters und blickte sehnsüchtig und träumerisch hinaus in die Ferne. Die Kopfbedeckung der Neapolitanerin lag auf ihren reichen, bläulich-schwarzen Flechten; ein weißes Spitzentuch schmiegte sich um den Nacken und verschwand in einem feuerfarbenen Mieder, das die schlanke Gestalt eng umschloß. Das Bild war noch nicht vollendet, aber es versprach, ein Meisterstück zu werden.

»Siehst du, mein Mädchen, das ängstlich den Spiegel meidet, weil es meint, vor sich erschrecken zu müssen, das bist du!« sagte Werner. »Aber ich habe oft den Pinsel mißmutig hingeworfen, denn der eigentümliche Zauber, der so plötzlich das helle Licht in mir angezündet, spottet aller Farben.«

Ein heftiger Platzregen schlug jetzt prasselnd gegen die Glaswände. In dem Augenblick lief der alte Jakob vorüber, so schnell seine alten Beine es erlaubten. Sein weißes, unbedecktes Haar flatterte im Winde, und keuchend trat er ins Zimmer.

»Ich wollte...«, begann er atemlos.

»Nachsehen, ob alles in Ordnung sei, alter Jakob?« unterbrach ihn lächelnd Werner. »Gewiß«, fuhr er fort, indem er Magdalene dem Alten entgegenführte, »alles, bis auf das Aufgebot und die Hochzeit... Jakob, was meinst du, habe ich mir nicht eine schöne Braut ausgesucht?«

Jakob stand wie eine Bildsäule. Er griff zuerst wie geistesabwesend nach seinem Kopfe und lächelte dann wie einer, der auf einen unverstandenen Spaß einzugehen sucht. Magdalene trat ihm näher und legte, wortlos vor Glück und Seligkeit, den Arm um seinen Hals.

Da erst erwachte er aus seiner Erstarrung und sagte, indem Tränen in seine Augen traten: »Ach, du Unglückskind, da bist du ja! Drüben sitzt die Muhme und weint sich die Augen aus. Wie sie nach Hause gekommen ist, hat die Tür offengestanden, und du warst im ganzen Kloster nicht zu finden. Alles sucht nach dir, und ich habe deinetwegen zum erstenmal meine Pflicht vergessen, denn ich habe vor lauter Angst und Schrecken das Gewitter gar nicht gehört, und da hätte der Regen hier schön auswaschen können... Komm nur gleich mit – die Muhme glaubt dich womöglich schon im Mohrenlande... Daß Gott erbarm, wie kommst du nur hierher?«

»Ich habe dir ja schon gesagt, als meine Braut«, sagte Werner mit Nachdruck.

»Ach, Herr Werner«, entgegnete bittend der Alte, »Sprechen Sie nicht so. Das junge Mädchen versteht keinen Spaß, das habe ich Ihnen schon oft gesagt.«

»Jawohl, lieber Jakob, und ich könnte mich beinahe fürchten, wenn es mir nicht gar so ernst wäre!« rief Werner lachend und zog das Mädchen an sein Herz.

Man muß in der Welt gar vieles glauben lernen, und so gelangte denn auch endlich der alte Jakob zu der glückseligen Überzeugung,

daß Werner sein liebes Lenchen wirklich zur Frau Werner machen
wolle. Als auch bei der Seejungfer der noch viel länger anhaltende
Unglaube, den sie durch Kopfschütteln und ein beständiges Ab-
wehren mit den Händen an den Tag legte, besiegt war, da gab es
eine Szene der freudigen Rührung und Überraschung in Jakobs
Stübchen, wie sie wohl die alten Mauern in ihrem Leben noch nicht
gesehen hatten.

Wie Werners Tante und Antonie über diese wie aus heiterem
Himmel hereinbrechende Verlobung dachten, wird sich der Leser
vorstellen können, da er selbst die Bekanntschaft dieser Persönlich-
keiten gemacht hat. Ich meinerseits glaube nicht, daß die Frau Rätin
sehr bereitwillig war, zur Vermählungsfeier des unbegreiflichen
Neffen Kapaunen zu braten, die unglücklichen Teppiche ausklopfen
zu lassen und das Haus vom Dachboden bis zum Keller herab spie-
gelblank zu machen, wie sie bei ihren großen Gesellschaften zu tun
pflegte, und denke mir, Antonie wird schleunigst eine Besuchsreise
zu einer fernen Freundin angetreten haben.

Die Rätin Bauer bezog später eine andere Wohnung, die der Nef-
fe für sie bezahlte. Dafür schlug die Seejungfer ihren Wohnsitz in
Werners Hause auf und behütete es im Verein mit Jakob treulich,
bis das junge Paar, das gleich nach der Trauung eine Reise nach
Italien angetreten hatte, zurückkehrte.

Den unterirdischen Gang, der nach seinem Garten führte, hat
Werner zumauern lassen. Er meinte scherzend, auf diesem Wege sei
das Glück zu ihm gekommen, er müsse ihm für alle Zeiten den
Rückzug abschneiden. Er war überhaupt so berauscht von diesem
Glück, daß er nicht daran dachte, dem geheimnisvollen Gang ir-
gendwelche Aufmerksamkeit zu schenken. Anderweitige Nachfor-
schungen durften sich hinsichtlich des Erfolges nicht mit Magdalenes Entdeckungsreise messen; denn sie fanden nichts da, wo das
junge Mädchen seiner Aussage nach Silber gesucht und Gold gefunden hatte.

Frau Sage kauert nun aufs neue in den Klosterecken und deckt
ihren grauen Mantel über die geheimnisvollen zwölf Apostel.

Über tredition

Eigenes Buch veröffentlichen

tredition wurde 2006 in Hamburg gegründet und hat seither mehrere tausend Buchtitel veröffentlicht. Autoren veröffentlichen in wenigen leichten Schritten gedruckte Bücher, e-Books und audioBooks. tredition hat das Ziel, die beste und fairste Veröffentlichungsmöglichkeit für Autoren zu bieten.

tredition wurde mit der Erkenntnis gegründet, dass nur etwa jedes 200. bei Verlagen eingereichte Manuskript veröffentlicht wird. Dabei hat jedes Buch seinen Markt, also seine Leser. tredition sorgt dafür, dass für jedes Buch die Leserschaft auch erreicht wird.

Im einzigartigen Literatur-Netzwerk von tredition bieten zahlreiche Literatur-Partner (das sind Lektoren, Übersetzer, Hörbuchsprecher und Illustratoren) ihre Dienstleistung an, um Manuskripte zu verbessern oder die Vielfalt zu erhöhen. Autoren vereinbaren direkt mit den Literatur-Partnern die Konditionen ihrer Zusammenarbeit und partizipieren gemeinsam am Erfolg des Buches.

Das gesamte Verlagsprogramm von tredition ist bei allen stationären Buchhandlungen und Online-Buchhändlern wie z. B. Amazon erhältlich. e-Books stehen bei den führenden Online-Portalen (z. B. iBookstore von Apple oder Kindle von Amazon) zum Verkauf.

Einfach leicht ein Buch veröffentlichen: **www.tredition.de**

Eigene Buchreihe oder eigenen Verlag gründen

Seit 2009 bietet tredition sein Verlagskonzept auch als sogenanntes "White-Label" an. Das bedeutet, dass andere Unternehmen, Institutionen und Personen risikofrei und unkompliziert selbst zum Herausgeber von Büchern und Buchreihen unter eigener Marke werden können. tredition übernimmt dabei das komplette Herstellungs- und Distributionsrisiko.

Zahlreiche Zeitschriften-, Zeitungs- und Buchverlage, Universitäten, Forschungseinrichtungen u.v.m. nutzen diese Dienstleistung von tredition, um unter eigener Marke ohne Risiko Bücher zu verlegen.

Alle Informationen im Internet: **www.tredition.de/fuer-verlage**

tredition wurde mit mehreren Innovationspreisen ausgezeichnet, u. a. mit dem Webfuture Award und dem Innovationspreis der Buch Digitale.

tredition ist Mitglied im Börsenverein des Deutschen Buchhandels.

Dieses Werk elektronisch lesen

Dieses Werk ist Teil der Gutenberg-DE Edition DVD. Diese enthält das komplette Archiv des Projekt Gutenberg-DE. Die DVD ist im Internet erhältlich auf **http://gutenbergshop.abc.de**